주수자 _ 서울대학교 미술대학에서 조각을 전공하고 1976년부터 프랑스와 스위스 그리고 미국에서 살다가 1998년에 영구 귀국했다. 2001년 『한국소설』로 등단했으며, 소설집 『버펄로 폭설』, 『붉은 의자』, 『안개 농산』, 시집 『나비의 등에 업혀』 등이 있다. 희곡 〈빗소리 몽환도〉, 〈복제인간 1001〉, 〈공공공공〉 연극으로 공연되었다. 제1회 스마트소설박인성문학상을 수상했다. 2020년에는 『아! & 어?』, 『Night Picture of Rain Sound』 영국 Page Addie Press에서 출간되었다.

표지디자인 : ALL 디자이너 박은영

본문디자인 : Jung

빗소리 몽환도

삽화

장성순 화백 (1927~) _ 서양 추상화가, 그의 작품들은 국립현대미술관, 예술의 전당, 안산단원미술관 등에 있다. 한국 초기 추상의 선구자이며, 2008년 대한민국미술대전 미술상, 2018년 대한민국 예술원상을 수상했다. 김홍도 단원미술관은 장 화백의 추상화 작품 200 여점을 현재 소장하고 있다.

해설

금은돌 시인(1970-2020) _ 문학평론가. 평론은 2008년 『애지』, 시는 2013년 『현대시학』로 등단했다. 중앙대학교에 출강했다. 연구서 『거울 밖으로 나온 기형도』, 평론집 『한 칸의 시선』, 『그는 왜 우산대로 여편네를 때려 눕혔을까』 있다. 2020년 돌연 사망했다.

△마르부△
빗소리 몽환도 개정판

1쇄 발행일 | 2021년 03월 03일

지은이 | 주수자
펴낸이 | 윤영수
펴낸곳 | 문학나무

편집·기획 | 03085 서울 종로구 동숭4나길 28-1 예일하우스 301호
이메일 | mhnmoo@hanmail.net

출판등록 | 제312-2011-000064호 1991. 1. 5.
영업 마케팅
전화 | 02-302-1250, 팩스 | 02-302-1251
ⓒ 주수자, 2021

값 13,000원

ISBN 979 - 11 - 5629 - 116 - 9 03810

빗소리 몽환도

주수자
스마트소설

부담 주는 줄리엣

잠깐만! 하고 내가 소리쳤다. 그리곤 재빨리 그녀를 붙들었다. 손이 쑤욱, 4차원 공간으로 침입해 들어가는 것 같았다. 줄리엣의 손에 든 단검이 가슴팍에 꽂히려는 순간이었다. 깜짝 놀란 그녀가 소리 나는 쪽으로 고개를 돌렸다. 나는 급박하게 말을 쏟아냈다. 의도와는 다르게 말이 빗나가는 것을 느끼면서.

"자기는 지금 우리에게 어러모로 부담 주고 있어요!"

줄리엣의 입술이 잠시 씰룩거렸다. 이때다 싶어 내 입에서는 잘 겨눈 총구에서 튕겨 나오는 총알처럼 말이 튀어나왔다. 현대인의 말은 그렇게 스피드가 있다는 듯이.

"사랑 때문에 죽으면 어떡해요?"

그녀는, 그게 무슨 말이죠, 진실한 인간이라면 사랑을 위해 죽는 게 당연하지 않나요, 하는 당혹스러운 얼굴로 나를 쳐다보았다. 나 역시 당황하지 않을 수 없었다. 그래서 나는, 하루에

오십여 명이나 자살하는 시대에… 책임의 문제가…, 사회적 이
슈를 들먹거리려고 했다.

"그, 그건 말이죠. 그런 행위가 우리 사회에서 전염병처럼 퍼
지고 있거든요."

일단 그렇게 둘러댔지만 왠지 윤리보다는 철학적 논고가 더
설득력이 있겠다고 감지한 나는 방향을 돌렸다.

"한 남자 때문에 목숨을 버리는 건 뭔가 좀 시대착오적이지
않으……, 더구나 죽는다고 문제가 해결되는 것도 아니고요."

그토록 사랑하던 로잘린을 하룻밤 만에 청산해버린 로미오의
사랑 습관을 감안하더라도, 줄리엣과의 사랑이 일주일도 안 되
는 짧은 기간이라는 것도 넘어가더라도, 젊은이의 사랑은 마음
속에 있지 않고 눈과 눈의 부딪힘에 있다는 로런스 신부의 말도
생략하더라도, 그는 과연 그대 삶을 포기할 만큼 순수한 영혼의
남자였을까요 라고 질문하고 싶었지만, 내 혀는 입안에서 꾸물
거리고만 있었다.

"대체 당신은 누구시죠?"

그녀가 처음으로 입을 열었다! 가히 아름다운 입술이었다. 반
하지 않을 수 없는!

"아, 으, 음, 어휴, 저는 그저 독자입니다. 솔직히 말하자면,
당신 같이 아름다운 여자가 그런 방식으로 죽는 걸 도저히 볼
수 없어 참견하게 된 겁니다. 책읽기에서 독자란 그저 방관자로
있는 것만은 아니니까요. 그렇지 않습니까? 책이 우리를 바꿀
수 있듯이 독자도 책을 바꿀 수 있다고 생각되는데요, 적어도

책에 대한 이해의 깊이 정도는……."

줄리엣은, 무슨 궤변인지 모르겠네요, 하는 듯이 눈을 내리깔며 등을 돌렸다. 셰익스피어의 묘사를 그대로 인용해보자면, 줄리엣의 몸뚱이는 작은 배처럼 혼란의 태풍에 휘말려 위태롭게 흔들렸고, 바다같이 푸른 그녀의 눈에는 눈물이 썰물과 밀물을 이루고 있었고, 그녀의 한숨은 폭풍처럼 사나워지고 거칠어져 갔다. 당장이라도 죽음의 나락으로 떨어질 것만 같았다.

"어, 어, 잠깐요! 줄리엣 양. 제발!"

나는 조금이라도 시간을 벌려고 그녀 옷자락을 붙잡았다. 물론 안개를 쥐듯 뭔가가 스르르 사라지고 빈손에는 아무 실체도 느껴지지 않았지만.

나는 혹시 꿈을 꾸고 있는 게 아닌가, 순간 의심했다. 하지만 내 손바닥에는 네모나고 딱딱하고 굳건한 책이 놓여 있고, 그 안에는 분명히 그녀가 있었다.

"오히려 사는 게 고통이죠, 하지만 누구나 그렇게 살아가는 거겠죠. 모든 인간은 수인이니까요…."

혼란스러워진 나는 허겁지겁 이런 논리와 저런 변명을 늘어놓기 시작했다. 사랑도 실연도 해봤지만 그것은 인생의 하나의 국면일 뿐, 고비를 넘기면 괜찮을 거라고.

그렇지만 줄리엣은 어떤 대꾸도 하지 않고 어떤 동요도 보이지 않았다. 나는 헉, 숨을 내쉬었다. 그런 후, 곧 흐트러진 지성과 감성을 모아 내가 겪은 사랑과 배신과 자살시도까지도 그녀에게 털어놓았다.

구시렁구시렁 구질구질한 디테일까지 주절주절 중중중중.

마침내 줄리엣은 먼먼 후대라도 내려다보는 듯이 고요한 어조로 말했다.

"하지만 그건 한 개인의 좌절에 불과해요. 로미오와 저는 달라요."

줄리엣 목소리가 슬프게 떨렸다. 그녀는 다시 로미오의 단검을 잡았다. 나는 아찔했다. 하지만 꼼짝하지 못한 채로 그녀를 바라볼 수밖에 없었다.

"우리는 상징으로 남아야 하는 운명이지요. 두 가문에게 내려진 원수라는 저주를 풀기 위해서 바쳐진 희생양으로 죽어야만 하는 거죠. 다른 도리가 없어요! 낭만적 사랑의 죽음이 아니랍니다. 그건 어쩌면 오해이고 곡해이자 왜곡인지 몰라요. 어찌하여 우리가 현대인에게 낭만적 사랑의 상징으로 남게 되었는지 모르지만요. 그래요, 세상이란 그렇게 상징으로 이루어져 있죠. 그리고 인간이란 그 상징을 살아가는 거고요."

"네엣? 뭐라고요…? 삶과 죽음과 사랑이 모두 상징이라고요?"

인간의 삶이 온통, 또한 인간사의 모든 것이 결국, 상징이라는 그녀의 말이 이마를 치고 갔다. 그 순간 나는 당장 입을 다물지 않을 수 없었다.

사과

"자아, 사과요, 사과!"

장사꾼이 요란스럽게 떠들어댔다. 그는 트럭 안에 가득한 사과더미에서 사과 한 알을 꺼내 작은 단도로 껍질을 깎기 시작했다. 동그란 빨간 띠가 끈처럼 풀려나오고 노란 과육이 물기를 머금은 채 드러났다.

"진짜 맛있어요, 아주 군침이 돕니다. 안 그러냐? 꼬마야."

나는 꼬마가 아니었지만 그는 나를 그렇게 불렀다. 장사꾼은 눈알이 튀어나올 것만 같은 금붕어 눈을 연신 꿈벅이며 거인처럼 말했다. 그러다가 고개를 돌려 연극이라도 하듯 과장된 어조로 허공에다 외쳤다.

"방금 에덴동산에서 따왔습니다. 아담을 꼬드길 만큼 맛난 사과요, 사과!"

어느새 어떤 여자가 바로 내 옆에서 사과를 고르려고 뾰쪽한

손가락을 뻗치고 있었다. 위층 새댁이었다. 아파트에 사는 현대
판 이브는 머릿속으로 사과의 질과 사과의 값어치를 요리조리
저울질하며 어딘가 흠이라도 있는가를 꼼꼼히 살폈다. 그러더
니 갑자기 앞치마를 탁, 털며 돌아섰다.

"홍, 마트보다 그다지 싸지도 않네." 라고 쏘아 붙이고는 새댁
은 얄밉게 등을 돌려 아파트로 올라가 버렸다.

장사꾼의 목울대인 아담의 애플이 꿈틀거렸다. 그는 확성기
에다 대고 큰소리로 외쳤다. 나도 뭔가를 행동하려고 했지만 그
냥 참아버렸다.

"사과요, 사과! 너무도 맛있고 너무도 달콤합니다! 이것 땜에
아담과 이브가 타락했다니까요. 얼른 얼른 와보세요!"

그렇게 말하면서 장사꾼은 사과 두 알을 하늘 높이 던졌다.
허공에서 사과들이 햇살 받아 잠시 반짝였다가 고꾸라지며 떨
어졌다. 그러나 그는 저글링 하는 마술사처럼 능숙하게 사과를
받아 들고는 큰 목소리로 떠들어댔다. 이번에는 놀이터를 향해
소리쳤다.

거기서 놀던 몇몇 아이들이 뛰어왔다. 아이들과 함께 젊은 엄
마들도 따라붙었다. 사람들이 모여드는 것을 곁눈질하며 장사
꾼은 사과 셋을 공중에 던졌다. 여러 눈동자들이 사과를 따라
하늘에 꽂혔다. 그는 연이어 사과 네 개, 다섯 개를, 높이 더 높
이, 던졌다. 빨간 사과들이 곡예 하듯 빙그르르 공중에서 춤을
추었다. 와아, 사람들의 입이 벌어졌다. 장사꾼은 흐뭇한 표정
으로 사과들을 던졌다가 받고 다시 던졌다 받았다. 그러기를 몇

번이나 되풀이했다. 굉장한 솜씨였다. 아이들은 점점 입을 크게 벌리고 바라보았다. 그러다가 깜짝할 사이에 사과 하나가 궤도에서 일탈했다. 와르르 다른 사과들도 덩달아 무너지더니 모두가 길바닥에 참혹하게 박살이 났다.

"에구구, 이게 어떤 놈이여! 아니, 뉴턴의 사과가 아냐?"

그는 얼른 뭉개진 사과들을 집어 비닐 쓰레기봉투에 휙 던지며 말을 이어갔다.

"이게 무슨 말이냐? 요놈들이 요렇게 떨어지지 않았다면 우린 달나라를 갈 수도 없었겠죠? 암, 그렇고말고요. 이게 다 박살난 이런 놈들 덕분이지요."

묘기가 끝나자 아이들은 슬금슬금 흩어져버렸다. 아무도 사과를 사지 않았다. 그거야 어른의 몫이었으니까 어찌 보면 당연했다. 보모인 듯한 연변 사투리의 여자가 사과 몇 개를 골랐으나 돈이 없다는 핑계로 다시 내려놓았다.

"사과사과사과! 맛도 좋고, 값도 싸고! 시간이 별로 없습니다, 시간이 없어요!"

외치는 장사꾼의 목울대가 꿈틀거렸다. 나도 그 부분이 간지러운 것 같아 애꿎은 침만 꿀꺽 삼키고 있었다.

"온갖 사과가 다 있어요! 윌리엄 텔이 화살로 쏜 사과, 백설공주가 먹다 잠들어버린 사과, 불화의 여신이 던진 황금사과, 세잔느가 그렸던 식탁사과, 에헤, 또, 그리고 또, 아무튼 간에, 없는 것은 없습니다! 자, 어서들 와서 빨리 입에 맞는 사과를 골라가세요! 시간이 별로 없습니다, 시간이 없어요."

그의 입에서 말들이 폭포수처럼 쏟아져 나왔다. 나는 그 소리를 들으면서 머릿속으로는 꿍꿍이 생각을 하고 있었다. 그때 한 젊은이가 사과가 그려진 노트북을 겨드랑이에 끼고 트럭 앞을 지나갔다. 장사꾼의 금붕어 눈이 잠깐 번뜩였다.

"앗! 저거 보세요. 저거! 그렇습니다! 맞습니다! 사과를 먹으면 스마트해져요. 매일매일 먹으면 스티브 잡스처럼 스마트해집니다. 자아, 사과 사세요, 사과사과사과!"

그는 확성기에다 대고 사과와 스마트를 번갈아가며 계속 외쳐댔다. 그러자 거짓말 같이 아파트 단지의 아줌마들이 우르르 쏟아지듯 몰려나왔다. 장사꾼은 트럭 앞에 서 있는 나에게 한 눈을 찡긋 했다.

아파트에 사는 주부들은 값을 깎아달라는 둥 덤으로 달라는 둥 소란을 피웠다. 그 북새통에 휘말려 장사꾼은 정신없이 바빠졌다. 그 틈을 놓칠세라 나는 재빨리 사과 하나를 슬쩍 했다. 그리고는 얼른 등을 돌려 도망쳤다.

뛰어가면서 내내 손에 들어온 사과의 매끄러운 감촉이 느껴졌다. 싱싱하고 냄새도 상큼했다. 참을 수 없는 욕망에 나는 뛰던 걸음을 멈추고 하마처럼 입을 크게 열어 앙, 사과를 베물었다. 돌 같은 사과가 쩍, 소리를 냈다. 노란 과육 한 점이 입안으로 들어왔다. 달콤한 물이 혀에 닿았다.

무수한 이름으로 불리었던 사과들 중의 하나가 입안으로 들어와 나의 일부분이 되려는 순간이었다. 나는 소리 없는 웃음을 웃었다.

그 길고 긴 목록에 새로운 이름 하나를 덧붙인 것만 같은 성취감에 싱글거리지 않을 수 없었다. 비록 떳떳하지 못하지만 부정할 수 없는 목록의 한 부분이었으니까. 훔친 사과! 하고 입술로 발음해보았다.

그리고는 우적우적, 사과를 씹었다. 그러다가 무심코 뒤를 돌아다보았다. 뭔가 등 쪽이 가려웠다. 뒤를 돌아다보던 나는 깜짝 놀랐다.

트럭에 잔뜩 사과를 싣고 팔고 있던 장사꾼이 보이지 않았다. 조금 전만 해도 왁자지껄했던 동네 아줌마들도, 사과 트럭도 눈에 보이지 않았다. 혹시 다른 골목 쪽으로 갔나, 하고 살펴보았지만 아무리 찾아봐도 찾을 수 없었다. 나는 반쯤 베물다 만 사과를 보며 혼자 고개를 갸웃거렸다.

동네방네 청소비상상황

사각사각 비가 내리고 있어 서둘러야 한다. 비가 오는데 굳이 왜 청소를 해야 되냐고 하겠지만 실은 그렇지 않다. 외려 중요하다. 비가 오더라도 일은 끝내야 된다. 일단 쓰레기가 젖으면 치우기 곤란해지기 때문이다. 만약 쓰레기들이 몰려 도시의 수채 구멍을 막는다면, 또 그것들이 넘쳐나는 물 위로 둥둥 떠다닌다면, 더구나 그것이 고인 물과 함께 썩어간다면, 어휴, 그 냄새란, 상상만 해도!

매일 청소해야 할 쓰레기는 시민들의 상상이 미치지 못할 정도다. 봄의 황사, 여름의 폭염, 가을의 낙엽, 혹독한 한파에도 상관없이 쓰레기들은 끊임없이 쌓이고 또 끝없이 생성된다. 그래서 그가 이 어둑어둑한 시각, 이른 새벽에 청승맞은 비를 맞으며 묵묵히 나서는 거다. 내심으로 자신이 최선을 다해야 날이 밝아온다고 믿으면서. 누구는 비웃을 수 있겠지만.

사람들은 사실 그에 대해 아는 바는 없다. 어두컴컴한 곳에서 더러운 것들을 찾아내는 일을 한다는 사실 말고는.

날이 축축해 그의 몸체가 격하게 좌우로 흔들린다. 한번 한번 앞으로 나아갈 때마다 날카로운 눈을 번뜩인다. 쓰레기는 그의 사냥감. 그런데 이따금은 쓰레기라고 여겨져 쓸어버리려는 순간 어디론가 증발하는 것들이 있다. 의아한 눈길로 둘러보면 그 괘씸한 것들은 어느새 고층빌딩에 매달린 대형 TV 속에 가 있다. 물론 보지 않을 때 다시금 길거리로 내려와 뒹굴며 놀고 있지만. 어떤 쓰레기들은 그렇다! 쓸데없이 높이 올라가 있다! 지금까지 일해 온 바에 의하면.

그는 주위를 둘러본다. 성큼, 높은 빌딩이 둘러싼다. 위협적이닷! 높고 크고 힘이 쎄어 보이는 골리앗을 연상시키는 빌딩을 올려다보며 문득 생각을 떠올린다. 어떻게 창문들이 저토록 많담? 아마 저 안에도 쓰레기들이 많겠지? 길바닥보다 높은 곳의 쓰레기들은 깨끗할까. 아마도 그렇겠지, 주로 종이일 테니까, 계약이나 보험이나 서류나 날짜와 숫자들이 담긴 쓰레기들……

그때 빗방울이 뚝, 떨어진다. 에구, 신음소리를 내며 다시 작업으로 돌아간다.

간혹 길바닥엔 소금이 뿌려진 곳이 눈에 띄기도 한다. 누군가 전날 구토를 해놓아서 그렇다. 뭣 때문에 이렇게 게워 놓았는지 따위는 질문하지 않는다. 살다가 보면 토할 일이 많겠거니, 하고 그냥 넘어간다. 그러나 언제나 가장 많은 것들은 병이다. 아픈 병이 아니라 마시는 병 말이다. 어디서나 빈 병들이 나뒹굴고 있다. 술병에서부터 각종 음료수 병까지. 한 모금을 마시고 영원한 쓰레기를 남기는 건 이해가 되지 않는다. 아무래도 잠깐 쓰고 버리는 건 인류의 질병임이 틀림없다. 그는 머리 쪽을 절레절레 흔들다가, 화풀이하듯 보도와 차도 사이로 떨어진 빗방울들을 가차 없이 쓸어버린다.

몸체가 점점 젖어가고 무거워진다. 비야 아무리 험하게 오더라도 흘러가기 마련이고, 눈 또한 제 아무리 폭설이더라도 기다리면 스스로 녹는 법, 그까짓 환경 문제를 그가 걱정한다고 해결될 일도 아닐 것이다. 그는 다시 허리를 구부린다.

갑자기 이상스런 물체가 시야에 들어온다. 살펴보니 하나 둘이 아니다. 길바닥에 여기저기 널려 있다. 아니, 감당할 수 없을 만큼 많다. 어떤 것은 먹다 남은 음식처럼 신문지에 싸여 몰래 버려져 있다. 사람들은 모르고 지나치기 십상이다. 잘 보면, 형태도 색도 조금씩 각각 다르다. 그 중엔 새빨간 게 가장 많았지만 그래도 각양각색이다. 직접 손끝으로 만져보기로 한다. 어쩌나! 딱딱하고 변질되어 있어 징그럽기 짝이 없다! 아니, 이렇게 많이 버려져 있는 걸 보면 어떤 인간들은 하나 이상의 혀를 소유하고 있다는 말일까? 이처럼 많이 길거리에 버려져 있는 걸 보면.

몇 블록 지나기가 무섭게 더 이상한 것들이 발견된다. 아까 그 혀들이 만들어낸 것인지 또는 높은 빌딩에서 떨어진 종이쓰레기인지 분간할 수 없다. 조심스레 툭툭, 건드려본다. 죄다 곪아 있는데다가 냄새까지 고약하다. 자세히 들여다보니 몇몇 까칠한 단어들이다. 민주주의, 자본주의, 정의감, 애국심, 그런 부류……. 거친 욕들도 섞여 있다. 폭력적이고 무시무시한 무기처럼 누군가 휘두르다 내던지고 간 것들임이 틀림없다.

세상에! 뭐 이런 쓰레기들을 만들려고 인간으로 태어났단 말인가! 딱하고 한심하다는 생각이 든다. 뭔가를 판단하려는 건좀 뭐하지만. 돌이켜 보면 지금 이 도시를 주물럭거리는 건, 세상을 미치게 놀아나게 하는 건, 언제나 그 몇몇의 단어들이다!

그러나 이렇게 된 걸 누군가의 탓으로 돌리자면 한이 없을 것같다. 자신에게 맡겨진 일이나 군소리 말고 하는 수밖에.

그는 끊어질 듯 이어질 듯 사악사악, 아스팔트 긁는 소리를낸다. 어느 덧 비가 멈추었다. 날이 밝아짐에 따라 가로등 불이하나 둘씩 꺼진다. 주변은 이제 막 세수를 끝낸 것처럼 깨끗해졌다. 잠시일지언정, 길거리는 어린아이의 단정한 머리카락처럼 잘 쓰다듬어져 있다. 어둠이 물러가고 아침햇살이 무대의 조명처럼 사방팔방을 환하게 비추기 시작했다.

그가 일을 끝낸 그 곳은 시청 앞 광장이었다. 보잘 것 없고 평범한 빗자루의 길고 긴 작업이 멈춘 곳은.

거짓말이야 거짓말
— 백남준을 추모하며

저는 원래 들고양이었어요. 어둡고 으슥한 뒷골목에서 아르렁거리는. 털은 더럽고 발톱은 날카롭고 야광의 눈빛은 앙칼져 달밤도 찌를 만큼 번뜩이고 음험한 고양이들을 보신 적이 있으시죠? 고급 레스토랑의 쓰레기통을 탐하고 뉴욕커들이 내버리는 빵부스러기로 연명하는 별 볼일 없는 저 같은 놈 말이에요. 어느 대도시에나 휘이, 뒤돌아보면 무수히 널려 있어요. 그러나 보잘것 없다고 무시하시진 마세요. 전 가끔 꿈도 꾸죠. 무슨 꿈을 꾸냐고요? 옛날 옛적 산신령호랑이었을 때의 꿈을 꿔요. 그때의 저는 당당했죠. 노란 털과 술 취한 듯한 눈동자와 맹렬한 기세를 가진, 신의 메신저였죠. 지금도 이따금 내 안에서 어흥, 울리는 그 소리를 들지요. 언제냐고요? 먹이를 못 찾아 방황할 때 들려와요. 암고양이를 못 만날 때도 들려와요. 절박하거든요. 그래봤자 소용없는 일이지만요. 고양이 주제에 제 말을 너무 많이 했네요. 사실은 제가 모셨던 주인 이야기를 하려고 했던 것인데……

무엇부터 말해야 될까요. 그를 만났을 때, 아니면 이별하게 되었을 때를? 만나면 헤어진다는 건 모두가 겪는 일인가 봐요. 그와의 만남에서 '제행무상'이란 걸 알게 된 셈이죠. 그에게 물어보면 아무 쪽이나 상관없다고 하실 겁니다. 직선으로 흐르는 시간을 살지 않는다고 했거든요. 무슨 말이냐면요, 그는 시간에 갇혀 있지 않고 절대적으로 자유로이 살다간 분이란 말이죠. 허기사 누구는 그를 국가나 경계를 초월한 정체불명의 유목민이라고 불렀지요. 누구는 동서양을 주물럭거렸던 마법사라고도 했고요. 누구는 예술과 기술의 장벽을 허물었던 전위 예술가들의 추장이라고 했어요. 또 누구는 미친 짓만 골라서 하는 건달이자 사기꾼이자 미치광이라고도 하고요. 아무튼 간에 이런저런 별칭들과 좋고나쁜 말들이 무지 많았어요. 이 모든 레벨에 그는 홍! 하고 아랑곳하지 않았죠. 그러니까 그는 그 자신이었을 뿐이죠.

공교롭게도 나의 주인은 그믐에 세상을 하직하셨어요. 밤이 달을 홀딱 삼켜버리고 태양도 올해는 끝! 이라고 선언할 때, 세상과 숨바꼭질 놀이하듯, 사라지셨죠. 바로 음력 십이월 삼십일 날이었어요. 거짓말인지 아닌지 인터넷에서 찾아보세요. 생전에도 그는 달과 함께 살았지요. 항상 달을 끼고 만지작거리고 사랑하고 파괴하고 달 아래 살다갔어요. 이태백이 질투할 만큼이나! 그믐달이면 바닥에 드러누워 빈들거렸고 보름달이 되면 환히 밤을 새워 작품을 만들었죠. 사람들은 늘 그를 오해했어요. 심각한 얼굴로 말해도 웃기만 했었죠. 그가 웃기려 한 건 아니랍니다. 오히려 진지했어요. 더듬대며 이방인의 언어를 구사하기에 바쁘기도 했거든요. 그가 작품을 세상에다 내놓을 때면 사람들은 미치광이가 또 장난을 치는구나, 하고 비웃었어요. 지금이야 천재네 뭐네, 우상화들 하지만 그가 살아있을 적엔 그렇지 않았어요. 위험인물로 체포되기도 했었죠. 노숙자로 오인되기도 했고요. 그러나 지금 우리를 포로로 삼고 있는 TV를 보세요. 도시 여기저기 번쩍이는 대형 TV의 숲을 보시면 당신도 대번 알아챌 겁니다. 그가 얼마나 혁명적이고 미래적이었는지. 앞서서 우리 시대를 보여주려고 애썼는지를.

지구의 연인인 달을 좋아했지만 그는 명왕성도 좋아했어요. 거기서 메시지를 받곤 했으니까요. 그래선지 파괴하는 것도 좋아하셨죠. 한 손엔 칼을, 다른 손엔 해골을 들고 있는 칼리의 여신처럼 그는 망치를 들고 지루하고 진부하고 전형적인 것들을 부숴버렸어요. 바이올린의 허리가 우지끈했고 활의 아름다운 머리칼이 잘려나갔죠. 예술 세계를 틀에 박히게 하는 건 뭐든지 한 번쯤 흔들어봤지요. 사람들은 코웃음을 쳤죠. 저 동양놈이 웬 지랄이지? 하고 째려봤지만 그래도 다시 생각해 본 사람들도 있었다고들 해요. 그는, "예술은 거짓말이야, 순전히 사기이다"라고 제게 말해주셨죠. 정말 그런지 아닌지 제가 보잘 것 없는 고양이라 잘 모르겠어요. 하지만 진실을 말해주는 사람은 결코 거짓말쟁이는 아니라고 믿어요.

참, 언제 그를 주인으로 섬기게 되었는지 말씀드렸던가요? 이제 말씀드리죠. 허기진 밤들을 지내며 비참했던 어느 날이었어요. 저는 독약 먹은 쥐를 먹고 버둥대며 길바닥에서 뒹굴고 있었어요. 뒷골목의 어둠 속에서 누군가가 어슬렁어슬렁 걸어오고 있었죠. 뭔가를 기웃거리는 눈치였어요. 처음엔 노숙자인 줄 알았죠. 불쌍한 저를 보자 그는 선뜻 걸음을 멈췄고 다짜고짜 저를 거꾸로 매달고는 대나무 막대기로 치더라고요. 전 그 자리에서 기절했죠. 깨어나 보니 온 몸이 떨리더라고요. 독이 퍼진 쥐는 이미 튀어나와 있었죠. 응급처치로 절 살려 주신 거였어요. 정신을 차린 저는 그의 꽁무니를 따라갔습니다. 그는 전혀 저를 받아들일 마음이 없었지요. 저도 그 누구를 주인으로 모시려는 의도는 없었어요. 시간의 신인 운명이 그렇게 만들었을 뿐이랍니다.

고양이인 저를 안쓰럽게 쳐다보며 그가 말했어요. "너도 호랑이임에 틀림이 없다. 그런 소리를 듣고 그런 꿈을 꾸는 것을 보면 그런 거야." 제가 고양이로 몰락하게 된 것은 인간과 문명의 탓이라고 했어요. 매사에 그는 정말 호랑이였어요. 잘 때도 깨어 있을 때도. 밤에도 낮에도. 으르렁 으르렁, 백호의 숨소리를 뿜으면서. 아침이 오면 호랑이 기지개를 켜며 말했죠. "이거 참, 다시 오지 않을 오늘이 찾아왔네!" 그리고는 어슬렁어슬렁 호랑이의 위엄 있는 걸음으로 뉴욕의 거리로 나가곤 했죠. 무슨 당혹스런 퍼포먼스로 사람들을 깨어나게 할 만한 게 없을까, 어디 번쩍 정신이 들게 할 만한 기발난 짓거리를 해볼까, 하고요. 어떻게 그가 그랬는지 아냐고요? 그 후 내내 그와 함께 지냈으니까요. 어쩌면 그가 혼자 중얼거렸는지도, 제가 엿들었는지도 몰라요. 하지만 분명한 건 인간들에게 솔직히 그렇게 말하진 않으셨어요. 인간종을 백퍼센트 믿지 못했거든요. 그렇다고 동물을 믿은 건 아녜요. 그들은 인간보다 단순하고 순수하지만 예술을 모르니까요.

그가 죽었을 때 뉴욕의 뒷골목마다 고양이들이 무리를 지어 울었어요. 그들에게 본연의 모습을 찾는 꿈을 꾸게 해주고, 혼미한 잠에서 흔들어 깨어줄 수 있는 사람이 사라졌기 때문이지요. 아직도 이곳 뉴욕에서는 달빛에 젖은 고양이들이 그를 그리워하며 배회하고 있답니다. 서울도 그런가요? 거기도 호랑이는 이젠 사라졌겠죠? 그가 이곳 고양이들에게 남긴 업적은 대단합니다. 우린 그에게서 호랑이처럼 사는 법을 배웠지요. 상황 너머, 당당하게, 유희하며. 비록 쓰레기를 뒤지고 있더라도 옛날 옛적 호랑이의 기억을 잃어버리지 않으면서.

요즘엔 호랑이도 적응하지 못하는 게 있다는 걸 부인할 수 없네요. 우선 핍박과 몰이해가 보통이 아닙니다. 이미 숲과 들판과 밀림, 자연도 사라져버렸죠. 동물원에만 갈 수밖에 없게 되었습니다. 아무리 아름답고 위대한 호랑이라도! 정말 슬픈 일입니다! 망조입니다! 때론 고양이 신세가 낫구나, 하고 생각할 때도 있습니다. 차라리 영원한 잠이라도 자고 싶어요. 절망과 비애감이 말도 못합니다. 그러나 야생은 자살하지 못하죠. 비루한 목숨을 참아보자고 마음을 먹었어요. 적어도 주인의 진정한 모습을 증거할 때까지는! 이 비루한 고양이가 보고 듣고 느낀 것들을 야옹, 외쳐보자고 작정했죠.

나의 주인은 한계 없는 자유인이었어요. 영원한 이방인이자 미친 달이었고요. 한국산 호랑이였죠, 진실한 예술가였습니다, 물론 나의 스승이었고요.

이젠 저도 달밤이면 웃음을 흘리며 마법으로 타오르는 달을 따라 항해하고 있답니다. 주인을 따라서지요. 거기엔 나의 영원한 주인이 장난기 가득한 미소를 짓고 윙크하고 있거든요. 달이 지구보다 커지거나 또는 달 항아리처럼 작아지거나 하면, 거기에 있는 달의 존재와 더불어 살다간 나의 주인과 그의 하인인 고양이를 생각해주세요.

거기가 어디야

교대역이었다. 여자는 3호선으로 가는 지하계단으로 뛰듯이 내려갔다. 우르르 몰려가는 사람들 틈새에 여자도 끼여 있었다. 기차에 못지않게 여자도 거의 달려가고 있었다. 그때 핸드폰이 울렸다. 여자는 핸드폰을 백에서 급하게 끄집어내서 엄벙덤벙 귀에다 가져갔다.

오는 거지?

응. 방금 탔어.

전동차 안에는 각종 구저분한 향기들이 만발하고 있었다. 앞 사람 옷에서 나프탈렌 냄새가, 옆 사람에서 땀 냄새가, 공중엔 싸구려 향수와 머리를 감지 않은 누군가의 냄새가 떠돌고 있었다. 여자는 혼합된 냄새 분자 땜에 숨이 막히기 일보 직전이었다. 핸드폰이 또 울렸다. 여자는 부랴부랴 핸드폰을 꺼냈다. 여자는 입을 막고 핸드폰에다 조용히 소리쳤다. 으응, 자기야? 저

쪽에선 느긋한 목소리가 대꾸했다

경복궁역 7번 출구로 나와. 통화가 안 돼서 다시 했어.

알았어.

얼마 되지 않아 많은 사람들이 압구정역에서 내렸다. 그러자 건너편으로 빈자리가 보였다. 그때 묵음으로 전환시킨 핸드폰이 부르르 떨었다. 여자가 핸드백을 뒤지는 순간, 에구구 엄살소리를 내며 파마머리의 중년 아줌마가 잽싸게 빈자리에 앉아버렸다. 핸드폰에선 느끼하고 말랑말랑한 목소리가 들려왔다.

아 엠 쏘리! 조금 아까 내가 출구를 잘못 알려준 것 같아. 7번이 아니고 4번이야.

아휴, 뭐야 증말!

교대역을 떠난 지 18분 만에 3호선은 한강 철교를 지나가고 있었다. 강물이 햇살을 받아 빤짝이는 광경이 눈에 들어왔다. 아름다웠다! 그러나 햇살이 비추지 않은 곳은 밋밋하게 보였다. 그러니까 모든 것은 햇빛의 문제였다. 햇빛이 흐르는 강의 어떤 물살을 청동으로 만든 옷감처럼 꿈틀거리게 만들고, 또 어떤 물살을 죽어 있는 짐승의 등처럼 음침하게 보이게 했다. 여자는 잠깐 햇살을 향해 경의를 표했다.

종로3가역에서 사람들이 썰물처럼 빠져나갔다. 여자는 저녁에 촛불시위가 있다는 걸 까맣게 잊어버리고 있었다. 어차피 그런 것은 그녀에게 그다지 중요한 목록은 아니었다. 안국역만 지나면 다음이었다.

마침내 경복궁역에 도착하자 여자는 핸드폰을 꺼내 숨이 찬

복어처럼 입을 뻐끔거렸다.

자기야? 나 역에 도착했어.

벌써? 그럼 지하에서 나와. 출구 번호를 자알 보구.

이그, 내가 뭐 어린애인줄 알아.

잘못 나오면 한참을 헤맬 테니까 그러는 거여.

알았어, 그 다음엔?

출구를 나가려는 승객들 중에 어떤 육중한 체구의 남자가 그녀를 세게 밀쳤다. 여자의 몸체가 휘청, 했다. 신경질이 났지만 사람들로 붐비고 있어서 누군지 알 수 없었다.

4번 출구 찾긴 찾았어?

찾았다니까!

너 왜 갑자기 소리를 지르고 야단이니? 오기 싫으면 관 둬!

여자는 여자대로 자존심이 상했다. 핸드폰을 닫아버릴까 망설였다. 시종일관 자기말만 해대는 이런 남자와 어떻게 관계를 이어갈 수 있는지를 잠깐 생각해보았다.

듣고 있는 거야, 뭐아!

그래! 듣고 있어! 좁쌀영감처럼 구니까 화나잖아!

내가 왜 영감이냐? 생생한 청년이. 네가 칠칠하지 못해서 늘 길을 못 찾으니까 배려하는 거지. 아무튼 출구는 찾았지? 참, 그 옆에 엘리베이터는 타면 안 돼. 그건 노약자나 병약자나 타게 놔두고. 그 반대편 쪽에 계단이 있을 거야. 계단이 꽤 많아, 경복궁역에는 아마 108개도 넘을 걸? 그 쪽으로 올라 와."

증말 못 말리네! 그런 건 내 맘대로 아냐?

야, 야, 그렇게 말자루를 똑똑 부러뜨리지 마! 널 위해 말하는 건데? 그러려면 관두라고!

그래! 좋아, 좋다구! 나도 이젠 그만이라구!

여자는 핸드폰을 닫아버렸다. 이토록 잔소리를 늘어놓는 남자는 질색이었다. 여자는 계단을 도로 내려갔다. 행여나 핸드폰이 다시 울리지나 않나 신경을 곤두세우며.

지금까지 걸어온 긴 복도를 지나 지하철 개찰구에 다시 손을 내밀려는데 그 순간 그녀의 귀에 또르르 핸드폰 벨소리가 두 번이나 연속 들려왔다. 혹시나, 했다. 그러나 그건 환청이었다.

그래도? 하고 여자는 걸음을 멈춰 다시 몸을 돌렸다. 자신의 모든 움직임을 정지시키고, 오던 길을 돌아섰다.

백 팔개나 넘는 계단의 반쯤 되는 중간지점이었다. 여자가 급히 올라가다가 바닥을 헛짚어 발목이 비끗했다. 본능적으로 주변부터 둘레둘레 살폈다. 사람들은 이미 빠져나가서 보이지 않았다. 그녀는 얼른 하이힐을 벗어 집어들었다. 신발 뒤축의 못이 헐렁해 빠져 있었다. 그때 핸드폰이 다시 울렸다.

야, 야, 야, 너 정말 왜 그러는 거야.

누가 할 말을 지금 누가 하고 있는데?

핸드폰이 끊겼잖아?

누가 그걸 몰라? 실수로 핸드폰을 떨어뜨렸어.

쯧쯧, 칠칠치 못하기는! 아무튼 4번 출구는 찾았지?

그녀는 하이힐에 대해선 말하고 싶지 않았다. 핸드폰을 귀와 어깨에 사이에 끼고 계단에 앉아 백을 뒤지지 시작했다. 다행히도 스카치테이프가 있었다. 그녀는 뒤축 못이 다시 박히도록 하이힐을 뒤집어 바닥에 탕탕 내려친 다음에 테이프로 하이힐의 뒷부분을 둘둘 말았다. 보기는 뭐 하겠지만, 그녀는 혼자서 고개를 끄떡였다. 대강 수리를 끝낸 여자는 여유 있게 물었다.

으응. 그런 후엔?

출구를 나오자마자 오른쪽으로 꺾어. 그러니까 오른쪽으로 곧장 가다가 사거리를 만나면 왼쪽으로 꺾어. 아, 참, 지하철 출구에 나오자마자 구멍가게가 있는데, 거기서 붕어빵 아이스크림을 두 개만 사가지고 오면 어떨까? 왠지 그게 먹고 싶은데…? 정리해주자면 아이스크림을 산 후 사거리가 나오면 왼쪽으로 돌아 곧장 올라오면 돼. 아이스크림 혼자 먼저 먹으면 안 돼. 알았지?"

그래, 알았어. 얼만큼 가야 된다구?

5분 쯤이야.

그의 말을 들으며 여자는 삐걱대는 하이힐을 고쳐 신었다. 그리고는 한 계단 한 계단을 조심스럽게 밟으며 올라갔다.

근데, 그 쪽은 청와대 가는 길 아냐?

아니, 거기까지 갈 필요는 없고, 백 미터가량 걸어오면 될 걸?

알았으이.

여자는 4번 출구 지하철 밖으로 나왔다. 갑작스런 햇살에 여자의 눈동자가 잠깐 멍해졌다. 순간 출구의 마지막 계단에서 발을 헛디뎌 바닥으로 엎어졌다. 임시로 수리된 하이힐은 다시 엉망이 되어버리고, 메고 있던 핸드백이 저만치 나동그라졌다. 백

속에 잘 정리되어 있던 동전 지갑이며 립스틱이며 콤팩트며 온갖 잡동사니가 흩어지고 굴러갔다. 설상가상으로 자신의 옷소매에 스쳐 왼쪽 눈에서 소프트 콘택트렌즈가 떨어졌다.

여자는 한쪽 눈을 찡그리고 더듬더듬 바닥을 더듬었다. 찾기는 힘들었다. 무릎으로 슬슬 기어 널려진 소지품들이나 주섬주섬 챙겼다. 일어나고 보니 발목이 시큰했다. 여자는 안 보이는 눈보다 걷는 게 더 신경이 쓰였다. 지하철 역 주변에 사람들이 바쁘게 지나가고 있는 듯이 보였다. 다행이었다! 여자는 잠시 두리번거리다가 재빨리 콤팩트를 열어 립스틱을 살짝 발랐다.

그리고는 상점에 들어가 붕어빵 아이스크림을 구입한 후, 오른쪽으로 돌고 또 왼쪽으로 돌아, 백 미터나 되는 거리를 절뚝거리며 걸어갔다. 오른손에 두 개의 붕어빵을, 왼손엔 뒤축이 나간 하이힐을 들고 여자는 햇살에 한 눈을 찡그리며 땀을 흘렸다. 헐레벌떡 모퉁이를 돌아가 백 미터를 걸어가자 경복궁 담에 기대 담배를 피우고 있는 남자가 눈에 들어왔다. 그가 내뿜는 담배연기가 흘러가는 구름과 합류하는 광경을 보는 순간, 여자의 심장은 격렬하게 뛰기 시작했다.

어머니의 칼

어머니는 여러 개의 칼을 남기셨다. 어머니가 남긴 유물인 칼들이 바닥에 놓여 나를 날카롭게 쏘아보며 스스로의 금속성을 자랑하고 있었다. 앙증맞은 과도는 자신을 버리지 말아 달라는 듯이 웅크리고 있었고, 일제 식칼은 선택해준다면 멋진 칼솜씨를 보여주겠다고 벌렁 자빠져 건방진 포즈를 취했다. 칼들은 어머니의 재산목록 1호에 속했던 거였다. 나도 모르게 저절로 나무 손잡이로 만들어진 뭉뚝하고 음험한 식칼에 손이 갔다. 코끝 가까이에 두고 그 식칼을 더 자세히 면밀하게 살펴보았다. 그것은 미제도, 일제도, 쌍둥이 칼도 아니었다. 메이드 인 코리아였다. 칼날이 둔탁해보였고 무지막지하게 촌스러웠다. 코에 가까이 댔다. 어떤 냄새가 푹 배어 있었다. 베지 않을 정도의 거리를 두고 냄새를 또 맡아보았다. 이상하게 속이 울렁이고 메슥거렸다. 지독했다. 그건 마늘냄새도, 야채냄새도, 음식 냄새도 아니었다. 그것은 목숨의 냄새였다. 반세기 동안 내 목구멍으로 넘어갔던, 내 목숨을 유지하기 위해 무수히 죽임을 당했던 소뼈, 닭뼈, 갈비뼈, 북어대가리와 돼지껍질의 냄새였다. 그 칼은 우리 가족의 맥을 이어가게 하고, 영원히 갚을 수 없는 업보를 만들고, 수없이 많은 죽음을 증거하고 있었다. 그리고 그 모든 것들이 우리 입에 들어갔으니 우리도 참으로……

변형되는 거울 속 유희

흐릿한 하늘에서 눈송이들이 가볍게 휘날리기 시작한 즈음부터 여자는 꿈을 꾸고 있었다. 거울 앞에서 누군가와 힘겹게 싸우는 꿈이었다. 그 누군가는 형체가 보이지 않았다. 바로 거울 앞이었는데도 거기엔 비춰지는 형상이 없었다. 놀란 여자는 싸움을 멈추고 거울을 들여다보았다. 대낮에는 별이 보이지 않는 것처럼 거울은 비어 있었다. 물론 자신도 보이지 않았다. 당황한 여자는 몸을 더듬어보았다. 몸이 느껴지긴 했다. 그때 어디선가 목소리가 들려왔다.

어이, 건들거리고만 있을 것인가? 이 상황에도?

저 말입니까?

여기 자네 말고 누가 있는가? 자네 아내가 이런 메시지를 남기고 사라졌다네.

여자는 참으로 놀라지 않을 수 없었다. 자신이 여자인데 난데없이 아내라니, 뭐가 뭔지 정체성의 혼란이 일어났다.

쯧쯧, 무슨 천상의 시인이랍시고 건달처럼 이리 빈둥대고 있는가!

여자는 자신이 여자인지 남자인지 확실치 않은데다가 자기를 보고 시인이라든지 건달이라고 부르는 말도 이해가 되지 않았다. 도저히 생각할 수도, 상상할 수도 없는 일이 벌어진 것이었다.

뭐 그리 놀라지는 말게. 사실 이곳은 심심하고 무료하지. 어쩌면 자네 아내가 핑계를 댄 건지도 몰라. 여긴 지극히 평화롭고 지루하기 짝이 없거든. 뭐든지 생각하는 대로 금방 이루어지는 건 견딜 수 없이 끔찍한 일이니까. 게다가 어떤 부류는 이러한 지루함을 더욱이 못 견디는 법이고.

여자는 도대체 무슨 뜻인지 알아먹을 수도 없을뿐더러 모든 게 기이하고 기이하여 완전히 혼란스러워졌다. 그래도 문득 뭔가가 여자의 내면을 흔들었다. 양심이나 자존심 같은 게 심연으로부터 희미하게 떠올랐다. 실로 자기에게 아내가 있다면, 그게 진짜 그렇다면 찾아보겠다는 쪽으로 마음이 기울어졌다. 동시에 무료한 참에 잘 되었다는 생각을 하지 않은 건 아니었다.

허나 어떻게 그녀를 찾을 수 있나요? 모래알만큼 무수한 인간들 중에? 무슨 재주로 제가…? 저처럼 나태하고 무능한 존재가…?

여자는 말하면서 몸이 움츠러들고 가슴이 쿵, 무너지는 느낌이 들었다. 이어서 기억이 빛처럼 다가오고 쓰라린 회한도 밀려왔다. 그러자 목소리가 말을 퍼부어댔다.

쯧쯧, 감상에 속지 말게나. 출구가 없지는 않아. 하지만 조건이 있지. 자네가 지상의 여자들을 아름답게 해주고 그들 머릿속까지 정리정돈 해준다면야. 아내를 되찾기 위해 그 정도쯤은 각오해야 되지 않겠나? 자아, 그럼, 이제 자네의 그것을 돌려주어야겠네.

아이쿠, 제 존재의 전부인 이것마저 없으면 어떻게 제가…?

둘은 승강이를 벌였다. 한쪽은 잡아당기고 다른 쪽은 빼앗기지 않으려고 저항하면서 마치 사랑을 나누는 한 쌍의 나비처럼 펄럭거리고 있었다. 그런 씨름을 벌이다가 날갯죽지 하나가 쭉 떨어져 나갔다. 그러고는 바닥으로 내동댕이쳐졌다. 여자는 으악! 비명을 질렀다.

*

꿈에서 깨어난 여자는 몸을 더듬거렸다. 어깨와 팔이 접하는 뒷부분부터 만져보았다. 멍이 든 것처럼 얼얼했다. 온몸에 전류가 짜릿하게 흘렀다.

"어휴, 이거 너무나 생생하잖아……."

여자는 입맛을 쓰게 다시며 꿈을 불평한 후에 주변을 둘러보았다. 벽에 걸린 둥그런 시계는 아홉시를 가리키고 있었고 창밖에선 제법 굵은 눈송이들이 떨어지고 있었다.

연극무대의 1막에서 여주인공이 기지개를 키며 잠자리에서 일어나는 듯이 여자도 바닥에서 몸을 일으켰다. 그녀는 발뒤꿈치를 가볍게 들고 거위처럼 목을 길게 빼고 약간은 촌스럽고 허름한 실내를 돌아다니며 두리번거렸다. 그러다가 우연히 거울을 쳐다보게 되었다. 그녀는 깜짝 놀랐다. 자신이 상당한 뚱보였다! 하지만 후덕하고 투박한 모습이 인내심이 있고 너그럽게 보이기는 했다.

그때 땡, 하고 시계가 울렸다. 한 여자가 불쑥 실내로 들어왔다. 검은 오버코트에 흰 눈을 뚝뚝 털며 부산스럽게 들어오던, 키가 작달막한 여자는 헉, 놀라는 눈치였다.

"어머, 어머머, 오늘이 그날인지 까맣게 잊고 있었네. 새로 온 헤어디자이너? 은하수 미용실에서 보내준다고 약속했던 그?"

뭔가를 직감한 여자는 우선 다소곳이 고개를 까딱였다. 원장이 대뜸 그녀에게 이름을 물었다. 당황한 나머지, 여자의 반쯤 벌어진 입술 사이로 모음만이 흘러나왔다.

"뭐어, 뭐라고? 으이……?"

여자는 무작정 머리를 끄덕였다. 그러자 원장은 의심스런 눈길로 그녀를 위아래로 훑어보더니 뾰족한 턱을 만지작거리며 말했다.

"으흠, 유희라? 본명으로 들리진 않지만, 미용사 이름치곤 괜찮은데? 근데 왠지 얼굴이 낯익네. 우리 서로 초면이지? 그렇지? 나 좀 봐, 내 소개도 해야지. 낙원 미용실의 신 원장이야."

원장이 추위로 곱은 손을 내밀었다. 그녀는 뾰족한 역삼각형 얼굴에 몸은 비쩍 말랐고 키는 작았다. 하지만 기는 좀 쎄 보였다.

두 여자는 반갑다는 듯이 손을 크게 흔들고 난 후, 잠시 멀건 표정이 되었다. 부풀은 빵을 머리에 올린 것 같은 머리를 한 원장은 여전히 무슨 생각을 하고 있고, 원장보다 족히 머리 하나 정도로 키가 큰 유희는 상황 판단이 제대로 되지 않는 탓으로, 길가에 나무 장승처럼 멀뚱히 서 있었다. 마침내 원장이 먼저 입을 열었다.

"크리스마스 시즌이라 손이 부족한 참인데, 환영이야, 환영! 근데 어떻게 들어와 있을 수 있었지? 나 좀 봐, 저번에 미리 은하수 미용실에다 열쇠를 주었지, 그랬지? 까맣게 까먹었네. 이래서 인간의 기억은 믿지 못하는 거라니까."

원장은 옷장에서 핑크색 미용가운을 꺼내다가 고개를 갸우뚱했다.

"전화 목소리로 봐선 야리야리할 줄 알았는데? 근데, 자긴 무슨 눈썹이 산도둑처럼 시커멓담! 이리 좀 가까이 와."

원장은 다짜고짜 자그마한 바리캉으로 유희의 짙고 덥수룩한 눈썹을 다듬었다. 가장자리 눈썹 털을 솎아내는 작업은 드라이를 원하는 손님이 올 때까지 계속되었다.

"솔직히 말하는 건데, 미용실에서 일하려면 외모에 신경을 써야 돼. 아름다움을 가꾸어주는 사람이 추해서 어디 쓰것어? 이그, 자긴 엄청 털북숭이구먼! 그 다리털도 면도해야겠네."

유희는 비명을 지르며 당장 달아나고 싶었다. 하지만 참았다! 왜냐면 아름다움은 고통을 수반한다는 사실을 알아차렸기 때문이었다.

아침 내내 여자들 젖은 머리 위로는 둥그런 원판이 빙글빙글 돌아가고, 둘은 미친 여자 널뛰듯이 바빴다. 사람들은 그걸 드라이머신이라고 부르지만 멀리서 보면 후광을 달고 있다고 착시를 일으킬 수도 있었다. 한편 구석에 놓여 있는 기계는 우주비행사가 머리에 쓰는 헬멧과 흡사했다. 그걸 한 시간 남짓 뒤집어쓰고 나면 머리카락들이 뽀글뽀글해져 마치 불에서 막 튀겨 나온 듯한 돼지꼬리 모양이 되었다. 웬일인지 여자들은 그런 헤어스타일을 좋아했다.

창밖에는 눈이 소복소복 쌓여가고 있었다. 흰 눈송이들이 소리도 내지 않고 바깥 거리를 빈틈없이 지워가고 있는 사이, 여자들이 떠드는 소리와 TV에서 나오는 소음은 실내를 휘젓고 있었다. 머리를 만지는, 서먹하고 어색했던 유희의 손도 그 소란함에 취해 가위질을 척척 해내고 있었다.

알고 보니, 원장은 반 무당이었다. 어떤 여자 머리라도 원장이 살짝 만져주기만 해도 그들은 자발적으로 자기들의 숨겨진 비밀을 드러내거나 고백했다. 어떤 여자는 그녀와 부동산 매매를 의논했고, 어떤 여자는 은밀한 연애를 털어놓았고, 또 어떤 여자는 시어머니와의 갈등을 일일이 보고했다. 어떤 애기엄마는 일주일간 아기에게 무슨 이유식을 먹였는지까지 조잘댔다. 머리카락을 만지기만 하면 여자들은 그렇게 순순히 마음을 열었다.

오전 손님 중엔 밤무대 가수도 있었는데 그녀의 경우는 한층 더 기이했다. 아니, 원장과 그녀는 오묘한 관계였다. 밤무대 가

수는 미용실로 들어올 때 두 손으로 목을 꽉 잡고 마른 명태 같
이 뻣뻣한 자세로 들어왔다. 쉰 소리조차 낼 수 없을 정도로 그
녀 목소리가 잠겨 있었다. 원장이 날쌘 동작으로 머리를 감겨주
고, 드라이로 말려주고, 정성스럽게 한올 한올 만져주고, 멋진
헤어를 완성해주자 마비되었던 그녀의 목은 부드럽게 녹아버렸
다. 밤무대 가수는 딱딱한 악어처럼 나타났다가 꾀꼬리처럼 높
은 노래를 부르며 미용실을 나갔다. 가수가 퇴장한 후에 유희
는, 와아 진짜 멋져요! 하고 감탄 섞인 괴성을 지르지 않을 수
없었다.

어떤 관성 때문인지 모르겠지만 갑작스레 여자 하나가 스프
링 튕기듯 미용실로 뛰어들었다. 성난 메두사처럼 머리를 풀어
헤친 여자는, 빨리 빨리! 나 미치기 일보직전이야! 소리부터 마
구 질러댔다. 그리고는 미용실 의자에 스스로의 몸을 던졌다.

원장은 곧 메두사 머리 위에 손을 얹었다. 원장의 앙증맞은
두 손은 요술을 부리는 마법사처럼 환상적으로 움직였다. 머리
를 감기고, 빗기고, 말리고, 만져주고. 이런 단계와 저런 단계를
지나감에 따라 메두사는 광기에서 벗어나 차분해졌다. 원장은
그 메두사를 사모님이라고 불렀다. 그러자 메두사는 사모님 모
습을 드러내며 수다를 떨기 시작했다.

"왜 결혼은 미친 짓이라는 일일 드라마 있잖아! 우리 아저씨
가 거기에 나오는 엑스트라와 놀아나는 걸 알아냈지. 증거가 있
는데도 잡아떼지 않겠어? 정말 괘씸해 죽겠어! 이따가 한바탕
하려고 벼르고 있어. 그러니 평소보다 스프레이를 많이 좀 뿌려

줘!"

원장은 그녀가 내뱉는 말끝마다 원 세상에! 후렴을 붙였다가, 때론 어머머, 저런 나쁜 년! 욕설을 퍼붓기도 하면서 비위를 맞추어주었다. 그러면서 작고 통통한 손으로는 삐져나온 그녀의 머리카락에 재빨리 스프레이까지 푸푸 뿌려서 업스타일 머리를 마무리해주고 있었다.

낙원 미용실은 기다란 직사각형 구조였다. 손님 의자가 마주 보는 벽에는 각각 거울이 설치되어 있었는데 그 거울들은 삼면으로 나뉘어 서로 약간 각이 진 각도로 펼쳐져 있었다. 의자에 앉아 있는 고객들의 머리 모양을 여러 측면으로 보여주고자 설계된 것이었다.

유희는 무심코 그들 옆을 스쳐가다가 거울에 비추어진 사모님 얼굴을 흘낏 보게 되었다. 순간 유희의 몸이 확, 굳어졌다. 그녀는 얼어붙은 자세로 다시 곁눈질해 보았다. 거울에 비추어진 영상은 의자에 앉은 사모님과는 생판 다른 인물이었다. 게다가 하나만이 아니었다. 유희는 허깨비를 본 것처럼 두 눈을 끔벅거렸다. 그리고는 고개를 돌려 각도마다 다르게 비추어진 모습을 들여다보았다. 얼굴 모양이 비추어져야 할 자리에 마치 만화경처럼 돼지와 개와 여우와 구렁이가 있었다. 참으로 기이하고 기이했다. 유희는 자신의 두 눈을 믿을 수 없었다. 그런데 더 요상한 것은 유희에게는 분명 그렇게 보였지만 원장이나 사모님의 눈에는 그렇지 않는 모양이었다. 유희는 자기도 모르게 "혹시 사모님께선 개띠이신가요?" 하는 말이 튀어나왔다. 이어서 "혹은 돼지띠?"라고, 덧붙였다.

기겁한 원장은 무슨 생뚱맞은 말이냐고 유희에게 눈을 흘겼다. "아니면 여우나 구렁이?" 유희가 연신 혼잣말로 구시렁대고 있는데, 사모님은 그제서야 유희의 말을 알아들었는지 금방 물어뜯을 것만 같은 사나운 이빨을 드러냈다. 원장도 단골손님한테 무슨 무례한 소리냐며 눈에 쌍심지를 돋웠다. 유희가 뭐라고 해명하기도 전에 사모님에게서 앙칼진 소리가 흘러나왔다.

"으으 저 여잣! 입 좀 닥치게 할 수 없는 거야!"

으르렁 소리가 나올 수도 있었지만 그 순간 새로운 손님이 미용실로 걸어 들어왔다. 여고생 단발머리를 한 늙은 여자였다. 원장이 '어머머, 어서 오세요, 교수님!' 하며 코맹맹이 소리를 냈다. 단발머리 여자는 척, 봐도 지성적으로 보였다. 그녀는 미용실 가운데 의자에 커다란 궁둥이를 쿵, 내려놓았다. 여자는 염색을 원했다.

그녀에게 특별히 먹물염색을 해드리라고 원장이 지시했다. 유희는 작업을 시작했다. 염색약을 여기저기 열심히 발라주고 있는데 여교수는 가방에서 에그 샌드위치를 꺼내 야금야금 먹었다. 다른 사람이 음식 냄새를 맡을 수 있다는 것도 모른다는 듯이 얄미운 고양이처럼 혼자 냠냠거렸다. 그런 후에 후식까지 아삭아삭 먹었다. 과자 부스러기가 부스스 유희의 발 위로 떨어졌다. 이어서 여교수는 자일리톨 껌 두 알을 입에 넣고 자갈자갈 씹었다. 유희는 껌 같은 건 먹고 싶지도 않았지만 뱃속에서 꼬르륵 소리를 들었다.

유희는 이번엔 스스로 눈을 가늘게 뜨고 여러 각도로 비추어지는 거울을 슬쩍 훔쳐보듯 쳐다봤다. 역시 인간의 형상은 보이지 않았다. 그 대신 일광, 팔광, 똥광, 비광, 화투패들이 차례대로 스르르 펼쳐졌다가 사라졌다. 그리고 바로 그 자리엔 빈 구멍만 있었다. 이상했다! 화투 같은 건 평생 들여다보지도 않을 고루해 보이는데? 라는 생각에 유희는 어리둥절해졌다. 그녀는 혹시 허기져서 그러는 걸까, 자기 뱃속을 의심했다. 또는 내 눈에 문제가? 아니면 내 마음이? 하며 의심의 영역을 넓혔다. 어쨌거나 이 현상도 아까만큼이나 이상한 일이었다.

혼을 빼놓는 여자들이 떠나가 버린 후 미용실은 한적해졌다. 유희는 이때가 뱃속 허기를 채울 수 있는 기회임을 포착했다. 원장과 그녀가 동시에 고개를 끄떡였다. 중국집에다 배달 전화를 하려는 참이었다. 난데없이 이십대 초반쯤 보이는 창백한 얼굴의 여자애가 미용실로 들어오더니 냉랭한 목소리로 긴 머리를 빡빡 밀어줄 수 있냐고 물었다.

원장이 고개를 오른쪽, 왼쪽, 갸우뚱했다. 그리고 다시 왼쪽, 오른쪽을 되풀이했다.

"그거야 절에 가서 하면 되지 않나요?"

유희가 얼른 끼어들었다.

"여긴 머리를 볶거나 자르거나 하는 뎁니다. 손님의 머리를 주님 모시듯 하고요. 아가씨가 원하는 스타일은 차라리 절이 나을 텐데?"

여자애는 아무래도 대학생이라기보다 재수생 같기도 또는 운동권 여성 같아 보였다. 좀 더 가까이 보니 그녀의 눈매는 불길한 초승달처럼 음산한 빛을 띠고 있었다. 게다가 도수가 꽤 높아 보이는 뿔테 안경에다, 아뿔싸, 그나마도 한쪽 안경알은 깨져 있었다. 총알이라도 한 방 맞은 듯이!

유희의 제안은 들은 척도 하지 않고 여자애는 자기 말만을 총알처럼 쏘아댔다.

"흥, 여보세요. 스님들만 머리 깎는 게 아녜요. 요즘은 연예인이나 가수도 그런 헤어스타일을 선호하는 거 모르시나 봐? 왜 영성 같은 게 있어 보이잖아요? 전 매일매일 한두 시간 명상을 하고 있죠. 그러면 세상이 저에게서 사라지죠. 아무튼 그래요. 하지만 세상이 사라지라고 머리를 밀어달라는 건 아니에요."

전체적으로 황당하게 들렸지만 앞부분 말은 그럴 듯했다. 유령처럼 으스스하게 층진 머리보다, 도깨비처럼 야광 염색을 한 것보다, 삭발 스타일이 한결 깔끔하고 단정해보이긴 했다. 여자애의 논리에 설득을 당해선지 원장은 선뜻 바리캉으로 밀어주겠다고 허락했다.

이삼 분도 채 안 되어, 원장이 반쯤 작업에 들어간 일손을 멈추더니 배를 움켜잡고 말했다.

"어이쿠 이거 참기 힘드네요. 손님, 잠깐만."

원장은 아래층에 따로 있는 화장실로 급히 뛰어갔다. 그 사이에 여자애는 반쯤 삭발이 된, 도발적인 헤어스타일을 거울 앞에서 이리저리 살피며 여러 방향으로 체크하고 있었고, 유희는 빗자루를 들고 미용실 바닥에 떨어진 그녀의 수북한 머리카락을 치우고 있었다.

여자애는 돌연 움직임을 멈추더니 한쪽 알이 깨진 안경을 걸치고 나서 거울을 다시 뚫어지게 쳐다보기 시작했다. 그녀는 거울에 비친 자기 얼굴을 보며 묘한 웃음을 흘렸다. 그리고는 좀 더 자세히 보려는 듯이 머리카락이 깎여져 밋밋해진 머리 쪽을 거울 평면에 가까이 댔다. 잠시 숨을 고르는 눈치였다. 그런 다음 여자애는 고개를 숙이고 몸체를 앞으로 기울이더니 마치 거울에다 머리를 처박으려는 듯이 힘을 주는 소리를 냈다. 으악, 유희가 비명을 지르기도 전에 그녀는 그대로 들어가 버렸다. 유희의 동공이 보름달처럼 확대되고 입은 딱, 벌어졌다. 유희는 이제 더 이상 자기 두 눈을 믿을 수 없었다. 아차, 하는 순간 여자애가 연기처럼 사라져 없어졌으니. 그 장면이 너무나도 선명해 오히려 비현실적인 느낌이었다.

너무 놀란 나머지 유희는, 얼이 빠진 눈빛으로 망연히, 머리카락을 치우던 빗자루를 손에 들고 멍하니, 서 있었다. 원장이 돌아올 때까지!

"아고, 미안해. 작은 것인 줄 알았는데 시간이 좀 걸렸지 뭐야."

화장실에서 돌아온 원장은 구지레한 변명을 늘어놓다가 전봇대에 감전된 듯한 유희를 보고는 갑자기 경악한 표정을 지었다.

"아니, 아까 그 손님 어디 갔어? 넌 왜 그리 벌레 씹은 얼굴을 하고 있는 거구? 그러니까 그 여자애는 돈도 안 내고 뺑소니 쳤어? 어머머, 그 머리에? 야아 우습다! 왠지 첨부터 이상하더라."

유희는 봤기는 봤지만 그것이 실제인지 착시인지 확실하지 않아 아무 말도 해줄 수 없었다. 목격한 장면을 말해도 믿지 않을 것이고, 무엇보다 자신조차도 일어난 일을 믿기 어려웠다. 혹시 내가 이런 것을 만들어내고 있는 건 아닐까 라고 유희는 생각했다. 원장한테 말해도 원장 역시 그녀가 꾸며낸 허무맹랑한 망상이라고 일축할 것이 분명했다. 그렇다면 지금까지 거울에서 보았던 것들 전부가 스스로 꾸며낸 상상이었던가? 헷갈렸지만 그것도 의심해볼 만했다. 아무튼 간에 유희는 자신이 본 것을 침묵하기로 했다.

일단 그렇게 맘을 먹었지만 유희는 자신의 눈이 자꾸만 거울을 쳐다보려는 행위를 막기 힘들었다. 원장이 유희의 그런 행동을 보고 드디어 한마디 했다

"야, 야, 거울 좀 작작 봐라. 그렇게 들여다본다고 살찐 얼굴이 뭐 홀쭉해지겠니?"

그 말에 유희는 괜스레 머리를 긁적거렸다.

"그게 아니라, 사실 저는 그저….."

"그래, 그래, 알아. 너만 그런 건 아니야. 세상사람 누구나 얼굴은 기형이고 비뚤어져 있어. 적어도 내가 아는 한은 그래."

원장은 유희의 말머리를 자르더니 아까와는 다른 어조로 말했다. 연민심을 보여주는 말투였다. 그러더니만 곧 원장은 자신의 미용철학을 알려주고 싶은 열망에 사로잡혀 떠들기 시작했다.

"그래, 너처럼 사람들은 누구나 다 거울을 쳐다보길 좋아하

지. 남녀노소를 막론하고. 미용실에 들어올 때와 나갈 때 적어도 꼭 두 번은 거울을 쳐다본단다. 그건 말이지. 거울을 통해서 뭔가를 확인하고 싶어 하는 거야. 거울에 비친 모습이 정말 자기인가 아닌가 살피는 건지도 몰라. 거울이란 인간에겐 동반자 같은 거 아니겠어? 영원한 동반자! 야아, 내가 한 말이지만 이거 꽤 멋지지 않니?"

원장은 스스로의 말에 감탄을 그치지 못했다. 그리고 내친 김에 계속 나머지 썰을 퍼부어댔다. 그녀의 결론은, 훌륭한 미용사란 추악함과 아름다움을 잘 볼 줄 알아야 하고, 되도록이면 여자들이 아름다운 모습을 유지할 수 있도록 도와주는 사람이라는 거였다. 유희는 머리를 열심히 끄떡여주었다. 그러자 신 원장은 더욱 더 신이 나서 이번엔 낙원미용실이 어떻게 흘러왔는가를 들려주기 시작했다.

그녀 왈, 크리스마스 시즌이 올 때면 언제나 낙원 미용실에서는 돌발적인 전시회가 열린다고 했다. 어떤 여자는 밍크 깃이 달린 코트를 보여주고, 어떤 여자는 놀란 토끼 눈처럼 변한 쌍꺼풀을 구경시켜주고, 어떤 여자는 뭉클해져 꽉 쥐고 싶은 젖가슴을 노출하고, 어떤 여자는 통통한 약지에 빛나는 다이아몬드 반지를 과시하고, 일 년 내내 과묵했던 여자는 암울한 입술로 놀랄만한 야한 농담을 가지고 와서 그녀에게 들려준다고. 그렇게 여자들이 욕망을 드러내고, 질투하고, 비교하고, 과시하며 즐거운 시간을 보내다가 어둑해질 무렵이면 무대에서 퇴장해야 하는 배우들처럼 집으로 돌아간다고. 화려한 전시가 막이 내리고 마법 같은 시간이 쏜살같이 지나가고 나면 비로소 휴식이 미용실에 찾아온다고……

그런데 오늘이 왠지 그런 날과 비슷한 느낌이라며 신 원장은 말을 마쳤다.

"으흠, 이럴 땐, 매콤하고 뜨끈뜨끈한 국물이 최고지."

원장은 고개를 까딱이더니 엄지손가락을 세웠다. 그녀가 중국집에다 짬뽕 두 그릇을 시켰다. 두 사람은 서로의 얼굴을 쳐다보았다. 동지애가 느껴지는 눈길이었다. 이때다 싶어, 유희가 물었다.

"근데 원장님은 결혼하셨나요?"

침묵이 감돌았다. 어색해진 유희는 창문으로 시선을 돌렸다. 창밖에는 주먹만한 눈이 내리고 있었다. 이윽고 평소보다 낮고 젖은 소리가 들려왔다.

"응. 했기는 했지…… 하지만 그 사람 건달이었어."

유희는 건달이란 단어를 입안에서 굴려본다.

"선하고 핸섬했지. 워낙 놀기를 좋아해서 탈이었지만. 돈 벌겠다고 춥고 눈이 많이 내리는 북쪽 어디론가 떠났는데 소식이 캄캄해. 어디서 어떻게 살고 있는지……"

그녀의 눈이 슬퍼졌다. 뾰족한 입은 더 뾰족해지고.

그때 누군가 미용실 문을 두드리는 소리가 들려왔다. 짬뽕이 벌써 배달되었나, 하고 둘은 문밖으로 머리를 디밀었다. 허리까지 길게 늘어뜨린 생머리를 노랗게 물들인 여자가 미용실 입구에 서 있었다.

"머리 자르시려고요?"

유희가 물었다. 젊은 여자는 머리를 흔들었다. 좌우로 흔드는 머리채가 노란 물결을 창출해 찰랑찰랑 움직였다.

"머리하러 온 게 아닌데요?"

순간 유희는 이유 모를 긴장감을 느꼈다.

"은하수 원장님이 보낸……"

노란머리 여자가 말을 끝내기가 무섭게 원장이 의자에서 벌떡 일어났다. 유희도 덩달아 몸을 곧추세웠다. 때마침 짬뽕 두 그릇이 배달되었다. 얼큰하고 맵싸한 냄새가 미용실 실내를 휘저었다. 원장은 오른손을 배에 대고 왼손은 머리를 집으며 두 여자에게 말했다.

"뭐가 뭔지 잘 모르겠지만 금강산도 식후경이라는데, 국수가 불기 전에 우선 먹고 봅시다! 아가씬 점심 먹었우?"

노란머리가 고개를 좌우로 저었다. 노란 물결이 찰랑찰랑 오갔다. 미용실 실내의 무거운 공기가 살짝 가벼워졌다.

임시로 만든 테이블에 신문지를 깔고 원장은 금세 뻘건 짬뽕 두 그릇을 셋으로 나누었다. 국물을 한 방울도 흘리지 않고 감쪽같이 짬뽕이 세 그릇이 되었다. 생전 처음 만난 세 여자는 머리를 맞대고 짬뽕을 먹었다. 먹는 동안 서로 아무 말도 하지 않았다. 하지만 허기져서 그랬는지 건더기는 물론 뻘건 국물까지도 남기지 않고 먹어치웠다. 배를 채우고 나서 셋은 서로의 얼굴을 쳐다보았다.

"도대체 넌 누구이고 또 넌 누구냐?"

신 원장은 손가락으로 두 헤어디자이너를 가리켰다. 그러나 둘은 꿀 먹은 벙어리처럼 서 있을 뿐이었다. 원장은 가슴에다 두 손을 얹고 비스듬히 미용 의자에 기대앉았다. 의자가 뱅그르르 한 바퀴 돌았다.

"누가 진짜인 거야?"

원장은 날카로운 눈빛으로 양쪽을 번갈아 바라보며 물었다. 노란머리 여자가 억울한 표정을 짓더니, 은하수 미용실에다 확인해줄 것을 요구했다.

"그래, 그렇지. 모르면 물어보면 될 걸, 왜 미련하게 그걸 미처 생각 못했는지 몰라."

그렇게 말하면서 원장은 유희를 곁눈질로 째려보았다. 원장이 핸드폰을 잡았다. 긴장감이 실내에 획획, 나돌았다. 유희와 노란머리는 서로 눈길이 부딪히지 않게 반대 방향으로 고개를 돌렸다. 유희는 창가 쪽으로 물러섰다. 창밖에서 내리던 눈발이 점점 굵어지고 날은 어둠 쪽으로 밀려가고 있었다.

"젠장, 웬일로 오늘따라 불통이람?"

원장은 짜증을 내며 핸드폰을 에이프런 포켓에다 처넣었다. 그녀는 중대한 결정이라도 내리는 듯이 둘을 번갈아 보며 말했다.

"둘 중 한 사람은 스텝으로 일하면 안 될까?"

유희는 금방 끄덕였으나 노란머리는 자세를 꼿꼿이 세우며 말했다.

"전 스텝 일은 못해요. 정식 헤어디자이너이니까요."

노란 생머리 여자는 자신을 증명하는 종이를 내보였다. 그때 유희는 점점 더 뒷걸음을 치면서 자신의 꿈을 기억해보려고 애를 쓰고 있었다.

"그럼 난 누구지……."

유희는 혼잣말로 중얼거리며 혼란스런 얼굴이었고, 원장은 원장대로 늪에 빠진 사람처럼 짧은 팔을 허우적대며 실내를 왔다 갔다 하고 있었다.

유희가 자기가 누구인지를 기억해내느라고 골똘히 생각하는 사이, 시간이 어떻게 흘렀는지 알아차리지 못하고 있는 동안 생머리 여자는 낙원 미용실을 나가버렸다. 유희는 원장만 남아 있다는 사실도 눈치채지 못하고 창밖에 눈 내리는 광경을 줄곧 응시하고 있었다.

"너, 여긴 어떻게 온 거지? 정말 넌 누구냐?"

원장이 물었다.

유희는 나는 나다! 라고 말하고 싶었으나 그것은 원장이 원하는 답이 아니라서 입을 열 수 없었다.

"혹시 너, 저기 저 언덕 너머에 있는 정신요양원에서 나온 거 아니니? 가위질을 곧잘 하는 걸 보니 미용사를 해본 건 확실한데 말이야. 아무나 머리를 자르는 건 아니거든. 하여간, 이상한 날은 이상한 날이네. 일 년 내내 찾을 적엔 못 찾던 헤어디자이너가 이렇게 하루에 둘씩이나 나타나고! 뭐 산타클로스가 보냈다면 두 명이라도 마다하지 않겠지만, 이건 그것도 아니고."

그 순간, 유희는 우연히 거울을 쳐다보게 되었다. 오후 햇살이 마주 서 있는 두 여자의 모습을 거울에 비추어주고 있었다. 거울을 바라보는 시선과 거울 속에 있던 시선이 교차했다. 어떤 이미지가 흘낏 스쳐갔다. 우주 만화경을 들여다본 듯이 유희는 그것을 보았다.

"에구머니나!"

유희가 비명을 내질렀다. 나름대로 크게 질렀다고 생각되었으나 귀가 멍멍해지는 바람에 그녀에게는 막상 아무 소리도 들리지 않았다. 그래서 유희는 더 흥분되고, 더 떨리고, 진동의 폭이 더 크고 격양된 목소리로 소리쳤다.

"여기 있었다니요! 아, 당신이……."

"아니, 얘가 미쳤나? 종일 짬뽕 한 그릇밖에 먹지 못하더니만, 야, 야, 너 정신이 나갔냐?"

"부디 제 말 좀……."

유희의 내면에서 참을 수 없는 충동이 폭발하듯 일어났다. 신 원장도 즉각 알아챘다. 왜냐면 유희의 입술이 앞으로 튀어나오는 걸 봤기 때문이었다. 유희는 홀린 눈길로 원장을 쳐다봤다. 뜨거운 시선을 느낀 원장은 날쌔게 의자 뒤로 몸을 숨겼다. 그러다가 약속이나 한 듯이 두 여자는 빙글빙글 쫓고 쫓기는 원을 그리기 시작했다.

얼마 지나지 않아, 미용실 의자들이 와장창 넘어지고 드라이 머신도 꽈당, 쓰러졌다. 유희는 사랑에 빠진 맹금처럼 막무가내였다. 아무래도 키도, 몸집도, 정열도 달린 원장은 힘이 부족했다. 마침내 가까스로 유희가 원장의 에이프런 끝자락을 잡았다.

다소 과격하다고 할 수 있는 몸짓으로 유희가 원장을 두 팔로 껴안으려는 순간이었다. 원장은 바닥에 놓인 머리카락을 쓸던 빗자루를 재빠르게 움켜잡았다. 그것으로 유희 머리통을 후려갈겼다. 아이쿠, 하며 유희가 두 손으로 머리를 붙잡고 잠깐 어지러워하는 사이, 원장은 후다닥 문을 젖히고 밖으로 뛰쳐나갔다. 얇은 분홍 미용가운을 입은 채. 유희도 얼얼해진 상태임에도 불구하고 원장을 쫓아 바깥으로 격렬하게 뛰어갔다.

*

거리엔 눈이 펑펑 내리고 있었다. 큼직하고 하얀 눈을 쏟아내는 하늘은 오히려 어두웠다. 길거리며 사람들이며 건물들이며 세상 전부가 온통 눈에 파묻힐 것만 같은 분위기였다. 그러나 눈을 뜨고 눈 내리는 풍경을 가만히 바라보고 있노라면, 꽉 찬 대기를 관통하는, 소리 없고 형체 없는 보이지 않는 것들을 볼 수 있을런지도 모르겠다. 그러니까 혹시 시력이 엄청 좋은 사람들은 눈송이마다 영혼이 매달려 혹은 타고 내려오는 광경을 볼 수 있을지도…. 어떤 이는 눈송이에 거꾸로 매달려서, 어떤 영혼은 찢어진 날개 하나로 비틀거리면서, 또 어떤 영혼은 낙천적인 함박웃음까지 싣고 내려오는 것을 말이다. 어쨌든 하염없이 내려오고 있는 흰 눈송이만큼 무수한 영혼들이 내려오는 것을 보는 사람은 꽤 있는 편이다. 하지만 흰 눈송이들을 타고 내려온 영혼들이 원래 천사였다는 예사롭지 않는 비밀을 아는 이는 드물 것이다. 지금 함박눈 쏟아지는 오후의 풍경 속에서 그런 존재 둘은 서로를 붙잡았다 놓았다, 뛰어다니다가 멈추다가, 너무도 하얗게 희어져버린 폭설의 밤에 파묻혀버려 더 이상 모습이 보이지 않았다.

미용실 거울로 말하자면 두 여자가 성난 나비들처럼 이리저리 펄럭대며 춤추다가 사라진 후부터 늘 비어 있게 되었다. 그 거울은 연극의 마지막 장면처럼 쓸쓸하고 아련한 사물만을 담고서 덩그마니 놓여 있었다. 어쩌면 머리가 헝클어진 여자들이 다시금 자신들의 얼굴을 빠끔 비추어볼 때까지 거울은 기다리고 있었다고 말할 수 있겠다.

수사반장의 추상예술 감상

경찰이 수사에 나섰다. 의외로 간단한 사건이 아닐까, 수사를 맡은 주임형사 P가 말했다. 그는 늘 검은 선글라스를 쓰고 다니는 메트로폴리탄 경찰이었다. 돈, 여자, 권력, 그런 게 아니겠어? 그가 아는 한, 모든 것의 뿌리가 그랬다. 하지만 그렇게 간단하지 않다고 형사의 조수 S가 반박했다. 왜냐? 죽은 화가는 금전엔 관심이 없었고, 충실한 아내가 있었고, 명성도 높아가고 있던 중이었다고. 그렇다면? 형사 P는 생각에 잠겼다.

그들은 먼저 그의 집을 찾아 갔다. 언제나 문제는 가까운 곳에 있었기에 애인을 찾아보고 후원자를 조사하는 작업은 다음으로 미루었다. 형사가 질문을 던지기도 전에 가족들은 울고불고 야단이었다. 화가 아내의 눈에서 홍수라도 날 것 같았다. 아들과 딸들도 거의 패닉 무드였다. 위험수준을 파악한 형사 P는 인상을 찌푸렸다. 갑자기 조수 S가 개입했다. 앗, 주임님! 그가 여기서 죽은 게 아니랍니다!

번쩍번쩍 빨강과 파랑 불빛을 번갈아 미친 듯이 돌려가며, 날카롭고 째진 사이렌 비명소리를 지르면서 경찰차는 쏜살같이 화가의 아틀리에로 달려갔다.

그의 그림들은 색으로만 그려져 있었다. 빨강은 입술, 파랑은 하늘, 검정은 밤, 형사 P의 눈에는 그렇게 밖에 보이지 않았다. 이거야 뭐 나도 그릴 수 있잖아? 라고 말하며 그는 검은 선글라스를 벗어 손에 들었다. 그래도 형사 P는 형사답게 캔버스 가까이 다가가 면밀하게 살피기도 했다. 그림엔 아무 제목도 붙여 있지 않았다. 화가의 화집을 들추어보던 조수 S가 다른 그림들도 그러하다고 알려주었다. 간혹, 대지 위의 하양, 밝음 아래 어두움, 빨강이나 파랑, 그 정도라고 했다. 형사는 고개를 오랫동안 갸웃거릴 수밖에 없었다. 사실 자살이냐 타살이냐, 그것만이 문제였다. 상부가 요구한 것도 그것뿐이었다.

형사 P는 캔버스 가까이에 코를 박고 생각했다. 그것 참, 뭐가 뭔지 모르겠군! 그림 속엔 사람도, 사물도, 풍경도 없잖아? 보이는 건 색밖에 없으니 말이야. 형사 P는 색즉시공 공즉시색이란 불경의 말씀도, 가장 흥미로운 혁명과 사건들이 두개골이라는 하늘 아래 뇌라는 좁고 신비한 작업장에서 벌어진다는 보들레르의 말도 알고 있지 않았다.

형사 P가 조수 S에게 불쑥 물었다.

"뭐 이래? 누굴 놀리는 거야, 뭐야? 아무 것도 보이는 게 없잖아!"

"네, 주임님. 이런 걸 추상예술이라고 합니다."

"상당히 애매모호하군. 하나도 명명백백한 것도 없구!"

"네, 주임님. 그래서 아는 만큼 보이는 거라고 합니다."

"그래도 설명은 가능한 건 아냐?"

"썰을 푸는 작자들이 많이 있습니다만 대부분 다 헛소리들입니다."

화가의 아틀리에는 구조가 복잡했다. 가장 큰 방이 작업장이었는데, 양쪽으로 큰 창문이 뚫려 있고, 천장은 높았다. 바닥이 시멘트였고, 내부는 허름해 보이지만 그래도 규모가 작은 성당 못지않은 크기였다.

벽에 기대놓은 캔버스들을 이리저리 뒤적거리던 중, 형사 P는 그림들 뒤에 문이 있다는 것을 발견했다. 형사 P와 그의 조수 S는 몸을 숙이고 그 중의 하나 문으로 들어갔다.

방은 어두컴컴하고 작았다. 사면이 짙은 갈색으로 칠해져 있는데다가 창문이 없어 꼭 무덤 속 같았다. 형사 P는 갑작스레 추워졌다. 자신이 작아져가는 듯이 아니 소멸해가는 듯, 자꾸 바닥에 눕고 싶어졌다. 왠지 수상쩍군요! 나지막하게 속삭이며 조수 S는 호주머니 속에 든 총을 만지작거렸다. 그래, 좀 으스스해, 라고 대꾸하며 형사 P도 가슴 안쪽을 더듬었다. 하지만 칠해져 있는 물감이 이미 그의 내장 속에 들어가 있는 듯 속이 메스꺼워졌다.

기분이 찝찝해진 그는 얼른 거기서 나와버렸다. 조수 S도 바싹 따라붙었다. 그런데 서두르다 보니 들어간 쪽이 아닌 다른 방으로 나오게 되었다. 덕분에 형사는 화가의 아틀리에는 숨겨진 방이 여럿 있다는 것을 그제야 알아차릴 수 있었다.

이번 방은 아까 것보다도 훨씬 더 왜소한 공간이었다. 마치 관처럼 비좁았다. 간신히 간이침대 하나가 놓여 있고 그 위에 낡고 허름한 담요 한 장이 덮여 있었다. 이곳이 바로 화가가 자고 먹고 했던 공간인 모양이었다. 그런데 작은 소품 하나가 침대 머리맡에 걸려 있었고, 콩알만한 돌멩이 몇 개가 베개 옆에 놓여 있었다. 보기엔 보잘것없는 돌멩이지만 묵주처럼 닳고 닳아빠진 것을 보아서는 화가가 잘 때 품고 잤던 것 같았다. 형사로써 그쯤은 족히 짐작되었다. 흔해 빠진 돌멩이를 동반자처럼 여기며 잠을 청했을 것만 같은.

형사 P는 가슴이 뭉클했다. 이따위 하나도 알아먹을 수 없는 그림에 목숨을 걸다니, 그것도 집과 가족을 내팽개치고, 이 후줄근한 곳에서, 쯧쯧 과연 미친놈은 미친놈이군, 그는 혼잣말로 중얼댔다.

사실 그가 아는 한, 인간은 두 부류로 나누어졌다. 미친놈 또는 악한 놈. 형사 P는 자기도 그런 놈들 때문에 목숨을 걸고 있으니, 한심하기는 마찬가지라는 생각이 들었다.

근데, 연지 빛으로 칠해져 있는 이 방은 마치 누군가의 심장으로 진입한 듯이 느껴졌다. 그러고 보니 어머니의 자궁 속 같기도, 고대 고인돌 내부인 듯도, 또는 술병에 들어간 듯도 했다. 크지는 않았지만 뭔가의 중심에 들어간 것 같았다. 형사 P는 고개를 갸우뚱했다.

"말해보게나, 이 작자가 뭘 그리려고 했다고?"

"그에겐 세상이 이렇게 보였답니다."

"미치긴 단단히 미쳤군. 세상이 색으로만 보였으니."

"네, 주임님. 보이는 것은 코에 걸린 안경에 따라…"

"아, 알았네. 그 씨잘 데 없는 말 따위는 제발 집어치우게."

그렇게 말했지만 형사 P는 걸려 있는 소품을 보려고 눈을 가늘게 뜨고 눈살마저 찌푸렸다. 그러다가 고개로 반원을 그리며 주위를 살펴보았다. 그의 눈에는 이곳의 그 어떤 것도 색으로 보이지 않았다. 실내의 지저분한 먼지 외에는.

불현듯 조수 S가 화장실에 잠깐 다녀오겠다고 말했다. 하지만 그는 큰 것을 하는지 아니면 바깥에 나가 담배를 피우는지 시간이 오래 걸렸다.

형사 P는 혼자 처음 장소로 다시 되돌아갔다. 날이 이미 어두워져 있었다. 그는 실내에 불을 켰다. 작업실에는 천장에 달린 전등이 많았다. 스위치를 올리자 전등불이 한꺼번에 들어왔다. 순식간에 불빛들이 창문으로 복사되었다. 거울로 변해버린 유리창 저 너머의 어둠으로 불빛들이 이어졌다. 혼란스럽게 반짝이며 줄지어 이어지는 불빛 때문에 순간 어디가 안쪽이고 바깥인지 헷갈렸다. 그는 잠시 멍하니 서 있을 수밖에 없었다.

아니, 이게 뭐야, 그저 온통 빛과 어둠 밖에 보이지 않잖아? 형사 P는 투덜댔다. 어떤 직감이 그의 머릿속으로 스쳐갔다. 아무래도 화가의 작품을 다시 살펴봐야겠다고 생각했다.

그는 곧장 눈앞에 보이는 그림을 향해 걸어갔다. 검정과 회색이 반으로 나누어진 그림이었다. 그는 가까이 다가가 그것을 들여다보았다. 유심히 보고 있자니 캄캄한 우주에 도착한 기분이었다. 누군가로부터 우주는 캄캄하다는 말을 들어서인지도 모르겠지만. 아무튼 그렇다는 느낌이 밀려왔다. 형사 P는 고개를 끄덕끄덕했다. 그때였다, 그가 건드리지도 않았는데 스르르 그림이 저절로 뒤로 밀려나갔다. 그것은 그림이 아니라 문짝이었다. 머리가 띵, 했다!

그러나 놀랍게도 그 문 뒤로 욕실이 있었다. 형사의 목구멍에서 흠, 흠, 헛기침이 튀어나왔다. 여기가 이른바 그 놈의 사적이고 내밀한 공간인가, 나지막하게 중얼거리며 주위를 두리번거렸다. 사면이 모두 거울이었다. 문의 뒷면에도! 천장에도!

형사 P는 자신이 포위당하고 있는 듯한 공포를 느꼈다.

그는 더듬더듬 손으로 거울을 만져보려고 했다. 손이 닿는 데마다 기다렸다는 듯이 겁에 질린 남자가 줄지어 나타났다. 그가 조금만 움직여도 그가 연이어 튀어나왔다. 고개를 들고 앞을 바라보았다. 흉악한 모습의 남자였다. 그 남자는 겁에 질려 있고 총을 들고 있었다. 적은 보이지 않았으나 남자는 동공이 열려 있는 짐승처럼 사나웠다. 반쯤 괴물의 입에 머리를 처박고 있고 어깨가 눌리고 팔을 물리고 있는 흉측한 모습이었다. 겁에 질리고 공격적이고 야만적인! 무수히 생성되고 있는 이미지에 형사 P는 등골이 오싹했다. 식은땀이 흘렀다. 그를 도저히 견딜 수 없어졌다. 뭐야, 이게…, 그는 총을 쏘았다.

놀이공원 무유위유無有爲有

어떤 남자가 바위에 구두약을 바르고 있었다. 파트너가 된 여자애가 소매를 잡아끌며 말했다.

"얘, 저 사람 혹시 조금 아까 만난 남자 아니니?"

여자애는 말할 때마다 입을 동그랗게 벌리고 콧등을 살짝 찡긋댔다. 앞니가 길고 도드라져 있어 토끼 같은 느낌을 자아냈다. 머리에 벅스 버니 헤어밴드까지 하고 있었으니 더욱 그랬다.

"에잇, 그럴 리가?"

그렇게 대꾸는 했지만 나는 슬그머니 곁눈질을 했다. 남자는 여전히 바위에 구두약을 열심히 바르며 있었다. 바위를 구두로 착각하고 있는 걸 보면 제 정신인 건지 의심스러웠다. 여자애는 자꾸만 그가 정문에서 티켓을 판 남자와 같지 않느냐고 우겼다.

"자알 봐, 모자도 윗도리도 똑같잖아."

사실 그랬다. 남자는 놀이공원 제복을 입고 있었다.

"옷 땜에 그렇게 보이는 거 같은데?"

"아니야, 자세히 봐! 이마랑 코랑 입모양이랑!"

그렇긴 좀 그랬다. 혹시, 하고 다시 쳐다보자 그가 싱긋 웃었다. 나 역시도 왠지 이 남자가 조금 전에 티켓과 안내문을 건네주던 남자와 흡사하다는 생각을 하지 않을 수 없었다. 팔뚝에 소름이 도돌도돌 돋았다. 그 남자도 내가 쳐다보고 있는 것을 의식했는지 이쪽을 쳐다보는 것 같았다. 나는 얼른 야구 모자를 깊이 눌러썼다. 그리고는 호주머니에서 선글라스를 꺼내 코에다 걸쳤다. 놀이공원은 실내라서 선글라스 따위는 필요 없었지만.

막상 검은 선글라스를 끼고 나니 주변이 생소해보였다. 아니, 내 마음이 차분해지는지도 몰랐다. 어쨌든 눈에 걸친 안경 하나로 놀이공원 전체가 다르게 보였다. 여자애는 돌연히 인형으로 돌변했고, 놀이공원의 설치물들도 장난감 같이 여겨졌다.

"애, 너는 그거 쓰고 있으니까, 맹인 같다아."

여자애 말에 나는 금방 머쓱해졌다. 내가 검은 선글라스를 썼다 벗었다 하고, 여자애도 토끼 헤어밴드를 이리저리 교정하는 사이, 바위에 구두약을 칠하던 남자는 어딘가로 갔는지 보이지 않았다.

대신 멀리 떨어지지 않는 곳에서 아이들이 허리를 구부리며 웃어대고 있는 광경이 눈에 들어왔다. 여자애와 나는 그쪽으로 뛰어갔다. 거인 크기의 거울이 옆으로 놓여 있었는데 아이들은 거기에 비친 자기네 모습을 보고 웃어대고 있었다. 그것은 일반 평면거울이 아니라 오목하고 볼록하게 되어 있어, 그 앞에 선 사람들을 난장이처럼 만들거나 또는 길게 엿처럼 잡아당긴 형태로 왜곡시켰다. 조금만 자세를 달리하면 순식간에 모습이 달라졌다. 먼저 온 아이들은 포즈를 취하면서 배꼽이 빠져라 웃어 대더니 어느새 싫증이 났는지 다른 곳으로 가버렸다.

드디어 여자애와 내 차례가 되었다. 우리는 기대에 차서 거울 앞에 섰다. 그러자 여자애는 작달막한 인형처럼 작아졌고 나는 꺽다리처럼 늘어났다. 우리는 다른 모습이 보고 싶어 자세를 바꾸었다. 이번에는 여자애가 꺽다리처럼 커지고 나는 난장이처럼 낮아졌다. 여자애가 까르르 배를 잡고 웃었다. 그녀는 더욱 대담해져 옆얼굴을 거울 가까이 댔다. 한쪽 이마가 못난 감자처럼 툭 불거지고 눈망울은 커다래진 몬스터가 나타났다. 예쁜 것을 좋아하고 먼지가 조금만 붙어도 털어내는 깔끔한 여자애가 자기의 흉측한 모습을 아무렇지도 않은 듯이 허리를 꺾으며 웃어댔다. 그녀처럼 난 웃어넘길 수가 없었다. 거울이 괜스레 무서워졌다. 나도 모르게 얼굴이 굳어진 채로 도망치듯 뛰쳐나왔다.

여자애도 얼마 안가서 걸어 나왔다. 그리고는 지루해하는 표정으로 아이스크림을 사먹자고 졸라댔다. 내가 뭐라고 말하기도 전에 그녀는 초콜릿 하나, 바닐라 둘, 하고 주문했다. 정말 아이스크림을 먹을 기분은 아니었으나 여기에 놀러온 것이 처음이라 여자애가 하자는 대로 따르기로 했다. 그렇게 행동하는 것이 남자답다고 생각되었기 때문이기도 했다.

아이스크림을 파는 남자가 아이스크림콘을 건네면서 슬쩍 윙크를 했다. 앗, 저 남자, 어디선가 본 듯한 데, 떠올려봤지만 생각나진 않았다.

여자애는 뽐내는 듯한 폼으로 초콜릿 아이스크림을 혀로 핥아댔다. 나도 그녀처럼 해보려고 했다. 허나 내 아이스크림은 돌 같았다. 아니, 고무 같았다! 겉모양만 닮은, 고무로 만들어진 아이스크림 모형처럼 내 것은 달지도, 부드럽지도, 바닐라 맛도 느껴지지 않았다. 이상했다! 나는 여자애가 혀로 핥는 모습을 유심히 쳐다봤다. 그녀의 아이스크림은 혀로 핥아댐에 따라 작아지고 있었다. 여자애는 흘낏 나를 쳐다보더니 핀잔을 주었다.

"촌스럽게 아이스크림 하나도 제대로 못 먹니?"

나는 차가운 음식을 먹으면 배가 아프다는 핑계를 댔다. 그리고는 슬그머니 아이스크림콘을 쓰레기통에 던져버렸다. 왜 하필이면 내 것만 모형이었을까, 도무지 모를 일이었다. 모르겠지만 왠지 누군가에게 속고 있다는 느낌을 떨쳐버릴 수 없었다.

나는 고개를 빼서 좌우를 둘려보고 위아래를 살펴보았다. 놀이공원의 지붕은 유럽식 돔 형태였다. 천장은 수많은 네모창문들로 엮어져 있었다. 창문들은 원래부터 장식일 뿐, 열려진 적은 없는 듯 했다. 천장을 쳐다보고 있자니 문득 갇혀버린 것만 같아 답답하고 두려워졌다. 만약 이 순간 전기까지 꺼지기라도 한다면 상상을 하자, 전기로 작동하던 놀이도구들이 멈추어져 있는 모습과 갑자기 놀이공원이 무덤처럼 썰렁하게 변하는 광경이 눈에 그려졌다. 공포감이 엄습했다. 하지만 여자애가 눈치챌까 봐 몸을 꼿꼿이 세우며 말했다.

"여긴 좀 시시하다. 우리 다른 데로 가보면 어때?"

그러자 여자애는 신이 난 토끼처럼 앞서서 뛰어갔다. 우리뿐만 아니라 다른 아이들도 뛰어다녔다. 대체로 한 아이가 앞서서 뛰어가면 다른 아이들도 우르르 따라갔다. 어디를 가는지도 모르면서. 무작정 따라가는 맹목적인 군중처럼.

기차를 타면서부터 여자애는 흥겨워하며 조잘댔다. 하지만 기차는 맴맴 궤도를 따라 돌기만 할 뿐, 어디를 가는 게 아니었다. 항상 같은 곳을 순환하는 기차였다. 그래도 기차는 빨간 신호등 앞에선 정지했고, 파란 등이 켜지면 힘껏 달렸다. 지루할 때쯤 되면 폭폭, 엔진 소리도 울려주었다. 그럴 때마다 아이들은 합창하듯 즐거운 비명을 지르곤 했다. 해방감이라도 느끼고 있다는 듯이!

기차가 멈추자 여자애와 나는 하차했다. 그리고는 지루한 시간을 재미있게 해줄 곳을 찾고자 고개를 두리번거렸다. 우리가 망설이다 결정한 곳은 다름 아닌 해골이 그려져 있는 해적선이었다. 배에 막 승선하려고 긴 줄을 기다리는 동안 주위를 돌아보았다. 뭔가 수상쩍은 낌새가 느껴졌다.

해적 같은 건 보이지 않았고 대신 배를 작동시키고 있는 기계가 보였다. 복잡한 것도 아니라 그저 위 아래로 흔드는 단순한 기계 장치였다. 물론 해적선을 기대하고 있지는 않았지만 작동하고 있는 기계를 보자 언뜻 의구심이 떠올랐다. 누군가가 우리를 놀리고 있는지도 모른다는. 그리고 우린 어쩌면 놀이에 속고 있는지 모른다고 나는 속으로 중중거렸다.

승객이 된 아이들은 해적선이 올라갈 때면 행복감에 이를 드러내며 웃었다. 야호, 야호, 두 손을 번쩍 들면서. 그러다가 배가 내려갈 적엔 곧장 시시하다는 표정을 지었다. 배가 올라가면 성공했다는 듯이 기뻐하고, 배가 내려가면 게임에 졌다는 듯이 얼굴들을 찡그렸다. 분명히 그것이 기계에 의해서 정확히 작동됨에도 불구하고 아이들의 기쁨과 실망은 배가 올라가고 내려감에 따라 출렁거렸다.

"애, 넌 뭘 그렇게 심각해하는 거지?"

나를 보고 여자애가 뾰로통해졌다. 무슨 적대감인지 모르겠으나 갑자기 그녀가 내 뺨을 꼬집었다. 뺨은 아프지 않았다. 하지만 자존심이 상했다.

"아얏! 왜 그래? 저건 기계로 움직이고 있단 말이야! 누군가가 조정하고 있어!"

마상 소리를 지르고 나니, 나는 내가 화가 났다는 것을 알게 되었다.

"그거야, 당연히 그런 건데, 뭐?"

여자애가 아무렇지 않게 대꾸했다.

"넌 모르고 있겠지만, 해적선은 가짜야! 가짜라니까! 만들어진 거라고! 놀이공원은 누군가에 의해 조작되고 있다고!"

나는 항의하고, 주장하고, 폭로하고, 큰 소리로 소리쳤다.

"여기서 노는 건, 정말로 노는 게 아니라구! 그저 착각하는 거야. 조정을 당하고 있으면서 재미있다고 말이야. 알고 있어? 저 건물도, 이 보도도, 기차도, 해적선도, 놀이공원 모두가 진짜가 아니라고!"

"야야, 너, 진짜 재미없네! 너야말로 정말!"

여자애가 또 내 뒤통수를 쳤다. 그리고는 재빨리 달아났다. 나는 얼얼해졌다. 머리에서 뿔이 튀어나오는 듯한 아픔을 느꼈다. 그럼에도 그녀를 잡으려고 얼떨결에 손을 뻗쳤다. 여자애는 토끼처럼 깡충깡충 뛰어가 벌써 멀리 가 있었다. 그녀가 뒤를 돌아다보며 나를 놀리듯이 말했다.

"쳇, 너무 잘난 척 하지 마! 누가 그걸 모르겠니? 가짜라도 진짜라고 믿으면 되잖아!"

그녀는 말을 끝내고 하늘을 날 수 있는 수소 풍선 쪽을 향해 혼자 뛰어갔다. 다른 아이들도 마찬가지로 그쪽으로 뛰어가고 있었다. 언제나처럼 한 아이가 뛰어가면 모든 아이들이 덩달아서 뛰어갔다. 이유도 모르는 채 아이들은.

"그렇게 보이더라도 진짜라고 여기고 놀면 되는 거야! 이 바보야!"

그녀의 목소리가 아득히 멀리 있는 것처럼 들려왔다. 나는 뛰던 걸음을 멈추었다. 여자애는 보이지 않았다. 어디 쪽으로 사라진 거지, 고개를 두리번거렸다.

그때였다. 바위를 구두약으로 닦고 있던 남자가 지나갔다. 나는 굳어진 얼굴로 그를 바라보았다. 남자는 커다란 바위를 가볍게 어깨에 메고 어딘가로 가고 있었다. 마치 연극이 끝났다는 듯이!

나는 부서진 태엽 인형처럼 몸을 흔들었다. 지금까지 스쳐간 광경들이 떠오르고, 보이는 것을 믿을 수 없다는 생각과, 도무지 알 수 없다는 생각으로, 괜히 가슴도 찡해지고 슬퍼졌다. 그녀가 사라져서일까, 아니면 그것 때문이라고 착각하는 게 아닐까?

나는 헛되이 가슴을 쓰윽 문질러보았다. 왠지 이것만은 가짜가 아닌 듯했다. 너무나도 리얼했다! 혹시나, 하고 두리번거리며 나는 놀이공원을 다시 자세히 살펴보았다. 여기가 어디인지를 한 번 더 확인하고 싶어서였다.

*무유위유(無有爲有): 있지 않는 것을 있다고 말하는 것. 장자의 제물론에 나옴

메일 오더

주문은 곧장 이루어졌다. 손가락하나로! 아홉시 뉴스를 들으면서! 바깥을 통 나가지 않는 재수생인 나는 늘 이 방법을 좋아했다. 그러나 이번엔 좀 비싼 물건이라 망설이지 않을 수 없었다. 허나 어떤 이는 평생 함께 살 동반자도 이런 방식으로 한다는 세상에, 까짓 것쯤이야, 하는 생각에 강행하기로 했다.

저녁 뉴스는 볼라벤 태풍이 불어온다고 서울 시민들을 긴장시키고 있었다. 나는 인터넷 쇼핑에 집중하고 있어 내 귀에는 '볼라면'이라고 들려왔다. 태풍이 무슨 라면 이름 같으네, 하고 무심코 중얼거렸다.

손가락으로 클릭, 클릭해서 주문해놓은 목록은 이러했다: 가죽 모자, 가죽 부츠, 가죽 장갑, 가죽 잠바! 절호의 찬스! 백 퍼센트 만족도 보장!

물품은 모두 소가죽 제품이었다. 금액은 알바로 번 액수로 충

분했다. 재수생인 나는 특히 그 '절호의 찬스'라는 단어에 매력을 느꼈다.

"이 더위에 네 몸을 지금 짐승가죽으로 덮으려는 거니? 원시인 시대로 돌아가려고?"

누나가 손가락으로 벽시계를 가리키며 항의했다.

"하, 요즘 세트메뉴가 유행하는 거 몰라? 누나야말로 구식이구면."

나도 시대감각을 운운하며 치받았다.

"이젠 너 아주 미쳐가는구나!"

누나가 자기 머리위에 손가락을 뱅뱅 돌리며 반격을 가했다.

"더워 죽겠는데 웬 가죽이냐? 그게 바로 경제원칙 제 1의 법칙이라구! 모두가 원치 않을 때 미리 사두는 거 말야. 내 투자 센스로 누나 시집갈 비용은 이 몸께서 책임져 줄 테니 잠자코 떡이나 먹고 있으라구."

그 말 한방에 노처녀에 속하는 누나는 혀를 삐쭉 빼물더니 나가버렸다.

거실 TV에서는 밀려올 거대한 태풍에 대해 협박반 계몽반의 해설이 흘러나오고 있었다. 아버지는 듣는 둥 마는 둥 귀를 후비다가 콧구멍을 후벼 파다가 연신 딴 척을 하며 TV 앞 소파에 드러누웠고, 방바닥에 앉은 어머니는 신문지를 펼쳐 놓고 콩나물을 다듬으면서 코를 훌쩍이며 TV를 보고 있었다.

「아무도 모르는 먼먼 곳에서 작은 점 하나가 살짝 움직이면서 바람이 발생하게 된 것입니다. 적도부근일 가능성이 큽니다. 처음에는 지극히 미세한 것이었으나 그것이 바다를 지나고 섬들을 넘고 열대 밀림에 스며들고 이런저런 산봉우리를 스쳐가다 마침내 거대해집니다. 점차 힘을 얻어감에 따라 바람은 거인처럼 커지다 어느덧 거대한 폭군이 되는 것입니다. 그러나 두려워할 필요는 없습니다. 돌고 도는 것이 바람이니까요. 이번 볼라벤 태풍은 북태평양 서쪽에서 발생한 것으로써 강도가 무시무시하여……」

갑자기 거실에서 재채기가 크게 들려왔다. 평소에 어머니 목소리는 모기소리처럼 작았지만 재채기만은 언제나 세상이 떠나갈 만큼이나 요란했다. 에에 에그, 에그, 에취, 하는 극적인 소리가 들렸다가 허물어져 버렸다. 그리고 어머니는 다시 기어들어가는 듯한 소리로 투덜거렸다.

"우리 같은 이들에게 태풍이 무슨 상관이 있겠수? 아니우?"

"아, 그거야 그렇지. 제 아무리 무시무시한 태풍이라도 이 아파트를 넘어뜨릴 수 있겠나? 더구나 서울 같은 대도시야 뭐 별일이 있겠소."

아버지가 맞장구를 쳤다. 이에 어머니도 대꾸하듯 한 번 더 재채기를 했다.

그때, 내 컴퓨터 화면에 지급완료 사인이 떴다. 나는 곧 결제를 끝내고 승인번호를 입력했다. 이어서 핸드폰으로 확인 메시지도 왔다. 지급 완료! 땡큐!

그 후 나는 일주일 내내 사나운 꿈을 꾸었다. 꿈에 유인원이되어서 창으로 사냥하다가 별안간 밧줄로 소를 잡아매는 카우 보이가 되는가 하면, 다른 꿈에선 인디언 추장으로 변해 스스로를 반인반수의 자손이라고 믿으며 버펄로를 죽이는 제의에 참가했다. 꿈속에서 나는, 이것이 진실이다! 소리쳤다. 또 다른 꿈에는 스타워즈에 나오는 로봇 옷을 입고는 나는 반 기계이고 반 인간이다, 라고 선언하기도 했다. 그러나 아침에 일어나보면 침대에 거꾸로 매달려 있거나 온통 헤매고 다녀 침대시트와 이불이 엉망진창으로 꾸겨져 있었다. 마치 뒤죽박죽 섞여버린 시간여행이라도 다녀온 기분이었다.

일주일도 채 안 되어 소포들이 도착하기 시작했다. 주문이야 세트로 했지만 물품은 제각각 따로 배달되었다. 제품마다 제작 장소가 달랐던 것이다. 제일 먼저 받은 것은 가죽 장갑이었다. 중국산이었다. 그런데 위쪽만 가죽이고 손바닥 쪽은 털실이었다. 다음에 배달된 것은 가죽 모자였는데 역시 중국산이었다. 모자 색깔이 세트에서 보여준 브라운색과는 달리 붉은 계열의 가죽색이었다. 다음 날엔 부츠가 든 상자가 배달되었다. 그건 더 엉망이라, 상자를 열면서 나는 기절하는 줄만 알았다. 기형 부츠였다. 바닥은 운동화이고 옆 부분만 가죽이었고 그나마도 얼룩덜룩했다.

나는 왜 어떤 사람들이 화병으로 죽기도 하는지 이해가 갔다. 머리에서 피가 끓는 것만 같았다. 몸도 화끈거렸다.

다음 날 가죽 잠바가 든 소포가 도착했으나 열기가 두려웠다. 물론 궁금해서 열어보았다. 잠바는 광대옷처럼 도드라지지는 않았지만 자세히 보면 여러 가죽 재료들이 덧이어져 만들어진 게 분명했다. 도저히 더 이상은 넘어갈 수 없다고, 나는 결의했다.

콧김을 씩씩거리며 한국 대행 회사에다 전화를 걸었다. 거실을 지나가던 누나가 흘끔 나를 쳐다보다가 슬그머니 뺑소니쳐버렸다. 이 넘버 저 넘버를 누르라는 지겨운 컴퓨터 목소리를 거쳐 마침내 본사의 주소를 얻어냈다. 한국 오퍼상은 고객이 만족할 때까지 서비스를 하겠다고 고분고분 말했다. 댓글을 올릴 수도 있을 테니 까불지 못했으리라. 요즘 세상에 감히 사기 칠 것일랑 꿈도 꾸지 말라고 엄포를 놓았으니까.

「헬로우 헬로우, 아이 해브 블라블럼!」

전화를 받은 미국 본사의 미국인은 친절했다. 알랑알랑한 어조로 내게 제품설명서를 읽었느냐고 물었다. 물론 아니었다. 그랬더니만 고백하건데, 자기네도 중간 상점이며 물품의 책임은 제조 회사에 있다고 했다. 미국인의 요점은 이랬다. 비록 오래 걸릴 테지만 교환을 원하면 거기에다 신청해야 한다는 것이었고, 직접 연락할 수 있는 연락처를 알려주겠다고 했다. 아으, 지겨운 중국회사였다!

「니하마. 와슈, 我一直在一個客戶的投訴。」

가까스로 중국 신천 변방에 있는 하청회사와 연락이 닿았다. 칼싸움을 하는 듯한 말투로 중국인이 떠들어댔다. 중국인들은 사나웠다. 그들은 계속 알아듣지 못하는 말로 쏼라쏼라 총을 쏘아대는 듯한 공격적인 어조로 쏘아댔다. 그래도 끈질긴 한국 청년에게는 이기지 못했는지 궁극적인 책임자의 정보를 알려주었다. 자기네들 잘못이라기보다 외국 디자이너의 실수인 것 같으니, 거기에 연락해보라는 중국인의 무뚝뚝한 조언이었다. 나는 당장 프랑스 남부 그르노블에 있는 디자이너에게 이메일을 보냈다.

「알로우, 즈 마뻴 코레앙, J'ai ete un clientde plaintes.」이라고 시작하는 내용을 주절주절 써 보냈더니 프랑스에 있는 디자이너에게서 하루 만에 답신이 왔다. 그녀는 엉뚱하게 남미 브라질의 목초 탓을 했다. 소가죽의 원재료 때문이라는 거였다. 디자인에 문제가 있는 거라기보다는 그쪽 공급자에게 책임이 있다고 주장했다. 그러면서 그녀는 자기가 애초에 디자인했던 샘플을 첨부파일로 보내왔다. 그거야 나도 소재하고 있는 영업 홍보 사진과 일치한 거였지만.

추신에 그녀는 이렇게 썼다. 참으로 미안하지만 작년에 브라질의 소떼들이 먹이로 인해 문제가 생겼으니 부디 이 점을 이해를 해달라는 요지였다.

뿌드득 뿌드득, 이를 갈면서 나는 세계사 참고서에 달린 지도 부록을 펼쳤다. 지도에서 손가락으로 짚어가며 물품들이 어지럽게 스쳐가는 경로를 따라가 보았다. 별다른 도리가 없었다. 이 모든 게 연결되어 책임 회피를 하는 세상에서!

그날 밤, 볼라벤 태풍이 쳐들어 왔다. 내 방의 창문이 와장창 깨졌다. 하필이면 거실 유리창도 아니고 재수 없게도 내 방 유리창이었다. 아파트에서 다른 층들은 멀쩡했는데도 404호 우리 집만 피해를 입었고, 그중에서도 내 방 창문만 깨진 것이다. 아무리 대도시에 살더라도, 제아무리 계산에 능하더라도, 바람에겐 당하는 건 당연했다.

위층의 이웃

오늘도 여자는 유리창 문을 톡톡, 손톱으로 두드렸다. 나는 후다닥, 잠자리에서 일어났다. 다른 사람들이 혹시 깨면 어떨까 우려되어서 그랬지만 나 역시 잠을 이루지 못해 뒤척이고 있던 중이었다. 여자는 잠옷차림으로 서 있었다. 게다가 맨발이었다. 긴 머리에 흰 무명 잠옷을 입은 모습이 약간은.

잠이 통 안 와서… 라고 말하며 여자는 강냉이 한줌을 내밀었다. 흰 강냉이 서너 알이 내 손으로 건너오다가 아래로 후르르, 떨어졌다. 아, 이걸 어째! 나는 미안한 척하며 흘끔 그녀를 쳐다봤다. 창백하기가 꼭 뭐 같았다. 헝클어진 머리에다 옷매무새도 흐트러져 있었고 옷도 제대로 여미지 않은데다가.

"밖에서 커피를 많이 마셨나 봐요. 잠이 안 오는 걸 보면…."

그녀 대신 내가 고개를 갸웃거렸다.

"아니면 종일 지루하셨던지…."

여자는 말없이 서 있기만 했다. 나는 그녀 옷자락을 끌어당겨 비상구 쪽으로 데리고 갔다. 보름달이 창문으로 비집고 들어와 계단을 비추었다. 나무 계단이 삐걱거렸다. 그때 잠깐 그녀가 살짝 웃는 듯 했다. 이런 늦은 밤에 웃을 이유도 없겠건만.

여자는 혼자 살고 있어 자유로운 듯했다. 늘 제멋대로이고 예측불허였다. 그녀가 가장 성가시게 여겨질 때는 히스테리를 부리며 숨이라도 넘어가는 사람처럼 행동할 적이었다. 하지만 일단 이야기가 시작되어 어느 정도 안정을 찾게 되면 그녀는 쌩, 연기처럼 사라지곤 했다. 위층 여자는 늘 이런 식이었다.

생각해보면 그녀에 대해 내가 알고 있은 건 별로 없었다. 어떻게 밥벌이를 하고 있는지도 몰랐다. 규칙적으로 어딜 나가는 걸 보지 못했으니. 그렇다고 찾아오는 사람도 없었다. 한 달에 한두 번쯤 그녀는 평소의 느슨한 모습과 달리 진한 화장에다 화려한 옷차림을 하고 외출했다. 어김없이 보름이나 그믐이었다. 그 이외에 나가는 일은 달력에 기록할 정도로 드물었다. 불평하는 투로 봐서 남자와의 관계는 좀 복잡한 듯 했다. 실제로 남자가 찾아오는 것을 본 적은 없었다. 밤늦게 몰래 들고양이처럼 들락거리는지는 몰라도.

"남자가 오늘도 유리창을 깼어요. 그리고는…."

그녀의 말에 금방 내 심장이 쿵쿵 뛰었다. 그녀는 자신의 팔뚝을 보여주었다. 동전만한 멍들이 푸른 자국으로 흐릿하게 얼룩져 있었다. 번번이 하소연을 듣는 것도 짜증나는 일이지만 무엇보다도 이층 여자가 딱하고 한심하다는 생각이 컸다.

근데 왜 가만히 있었던 거죠? 요즘도 이런 구식여자가 있다니! 나 같으면…, 하고 말하려다 입을 꾹 다물어버렸다.

"그는 자해까지 하면서 난리를 피웠죠."

하기야 남자들은 뭔가 성질나는 일이 있거나 지나치게 음주할 때면 곧잘 격해지고 난폭해지니까, 그런 일쯤이야 좀 넘어가줘도 뭐. 게다가 그들은 다음날엔 까맣게 까먹지 않았던가. 그러므로 그런 일 따위는.

"나중엔 그가 면도칼로…."

"어머나!" 나는 일부러 격양된 어조로 소리를 질렀다.

"그래도 서로 사랑하는 걸요."

계속 듣고 있자니 한심했다. 폭력이 아니냐고 말해 줄 수도 없었다. 제 입으로 사랑한다고 말하고 있으니. 게다가 이런 게임은 너무나 오래되고 너무나도 흔하디흔한 남녀간의 고질병이었으니.

계단 옆에 창문 너머로 보이는 달이 점점 서쪽으로 기울어가고 있었다. 나는 문득 내일이 제삿날이라는 것이 생각났다. 아침부터 장도 봐야 되고 일들이 산더미처럼 많았다. 새벽이 가까워지면서 이런 식의 일방적인 대화에 점점 짜증이 일었다.

나는 입술을 오물오물거렸다.

'내가 왜 당신 말을 들어줘야 되죠? 이 새벽까지? 한두 번도 아니고?'

그렇게 속 시원히 내뱉고 싶었지만 또 망설이고 말았다. 왠지 입안에서 떫은 게 씹히는 듯 했다. 그녀가 내 맘을 읽었는지 혹은 내가 피곤한 나머지 그 말을 해버렸는지 모르겠지만.

"저는 불행한 사람이에요."

"불행하다고요?"

"네, 고독하고 불행해요."

"그거야…, 당신 선택이 아닌가요? 이젠 제발…."

한참동안 침묵이 우리 사이에 흘렀다. 처음이었다, 내가 그녀에게 이렇게 말한 것은.

"그러면 후회하실 걸요."

"왜죠? 이젠 더 이상은."

내 가슴이 또 쿵쿵쿵, 뛰었다. 그녀가 아무 말도 안할 것은 뻔했다. 늘 그랬으니까. 여자는 이거다 하면 저것이고, 저렇구나 하면 그렇지 않았고, 혼자 사는 여자인가 하면 그것도 아니고, 미친 여자인가 하면 기가 막히게 말을 또박또박하는 편이었고, 남자에게 일방적으로 당하는 여자인가 하면 완벽히 그런 것도 아니었다.

여자와 나는 아무 말도 하지 않은 채 멍하니 서 있었다. 쇠락해가는 달처럼 여자의 얼굴이 더 창백하게 변해가고 있었다. 혹은 내 얼굴이 그랬는지도 모르지만.

여자는 한참동안 침묵을 지키다가 혹은 내가 아무 말을 하지 않아서 그랬는지, 이층 여자가 내 얼굴을 물끄러미 들여다보았다. 내 맘을 꿰뚫어 보고 있다는 듯이.

"혼자만의 일이 아니니까요."

나는 얼굴이 빨개졌다. 사막의 태양에 몸이 타들어가듯 뜨거워졌다. 나는 곧, 아니 그게… 당신이 뭐라고…? 혀를 꿈쩍거리려고 했다. 물론 혀는 오랫동안 끈적대는 풀에 젖어 움직이지 못했지만.

창틀 틈새로 바람이 스르르 슬며시 들어와 창문을 흔들었다. 창틀이 덜컹거리는 소리가 났다. 나는 급하게 계단 창문을 닫았다. 계단 옆에 뚫린 창문 너머로는 새벽이 검푸른 하늘에서 서서히 풀려나고 있었다. 흘낏 돌아보니 이층 여자와 내가 다정하게 앉아서 먹다가 흘린 강냉이들이 밤하늘에서 떨구어진 별처럼 어두컴컴한 계단에 어지럽게 흩어져 있었다. 나는 불현듯 이런 생각이 들었다. 혹시 이 여자가?

붉은 달빛아래 저들

쉿! 혹시 들을라.

근데, 왜 그래야 되는 거지?

비밀을 알려줘선 안 되니까.

아니, 그걸 모르고 있다는 거야?

그렇다니까.

으윽, 적이 놀랍군!

밤하늘에 떠 있는 검은 구름이 달을 빵처럼 뜯어먹고 있었다. 레스토랑 실내에는 독수리, 상어, 표범이 박제되어 벽에 걸려 있고, 문 밖에는 원숭이와 개가 나란히 쇠사슬에 묶여 있었다.

손님을 끌기 위한 상술인지, 서울 근교에 위치한 이 고급 레스토랑은 박제된 동물들을 벽에다 장식으로 걸어놓고 있었다. 나는 최근 회사임원으로 승진한 보스의 축하파티에 초대받아 이곳에 오게 되었다. 저녁 식사에 초대를 받은 사람들은 꽤 많았다. 모두가 떠들어대기를 좋아하는 이들이었다. 회사 부서에 이름난 사람들이었고, 그들이 떠들어댈 때면 듣는 이들은 위장된 인내심을 가지고 들어야만 하는 코드가 있었다.

어느덧 담배연기와 소음들이 꽉 찬 실내에는 고기 굽는 냄새가 진동했다. 나는 전혀 맛을 느끼지 못한 채 꾸역꾸역 고기를 입에 집어넣으며 한두 잔의 와인을 비워갔다. 하늘엔 달들이 그득 했고 전체적으로 모호한 그물에 걸리듯 내 머릿속은 몽롱해졌다. 내가 말하고 있는 건지 상대가 떠드는 소리인지 어렴풋했다.

저 치들 좀 봐.

누구?

저 잡식동물들! 피가 밴 살코기와 붉은 술을 마시며 이빨을 드러내며 웃고 있는.

으응. 인간들 말이군.

겉으론 인간인지 아닌지 알 수 없지만 일단 그렇게 부르도록 하지. 우릴 붙들어 맨 그 자가 곧 이사를 간대.

근데 어디로 간데?

쯧쯧, 어딘 어디겠어?

그나저나 그가 막상 사라지고 나면 무슨 일이 일어날까? 혹 너나 나도 박제라도 되는 게 아닐까?

나는 이 묘한 대화가 어디서 들려오는 건지 알고자 안경을 쓴 두 눈을 이리저리 움직여보았다. 사람들은 여전히 웃고 마시고 놀고 있을 뿐, 누가 지껄이고 있는지 분간하기 어려웠다.

그때 옆에 점잖게 앉아 있던 부장급 남자가 트림을 했다. 그리고 방귀도 뀌었다. 현실이 분명했다. 냄새가 났으니까. 나는 고개를 들어 주변을 둘레둘레 살폈다. 그리고는 화들짝 놀랐다! 이 고약한 냄새가 어쩌면 저들로부터? 그럼에도 입구 쪽에 앉아 있는 내가 동물의 말을 듣고 있는 건지 아니면 내 스스로 말을 만들어내는 건지 구별할 수 없었다.

웃기고 있군! 목에 쇠사슬을 걸고 있는 주제에!

나는 정신이 번쩍 들어 소리 나는 쪽으로 고개를 돌렸다. 레스토랑 벽에 걸려 있는 박제된 독수리의 지저분한 날개에서 먼지가 푸슬푸슬 떨어졌다.

이것 봐, 누가 네 놈들을 박제하겠냐? 니네가 표범처럼 무늬를 가졌니, 새처럼 멋진 날개가 있니, 분노하는 복어처럼 귀여운 모습이니, 숱해 깔려있는 것들이 개새끼들이고, 못지않게 볼 수 있는 게 원숭이놈들인데, 도대체 뭣 때문에?

갑작스런 개입에 묶여 있던 원숭이와 개는 소란스럽게 버둥거렸다. 물론 나도 허둥댔다. 어쩔 수가 없었다. 공교롭게도 두 놈은 내가 앉아 있는 자리에서 멀리 떨어져 있지 않았으니까. 다시 말하자면 내 좌석은 일종의 말석으로 입구 쪽에 위치하고 있었다. 놈들 소리가 친밀하고 가깝게 들리는 것은 당연했다. 나는 나도 모르게 고개를 끄덕였다.

어이, 원숭이, 자기 연민에 눈이 그토록 어두우니 한심하군, 쯧쯧. 오래전 인간종으로 변신할 수 있었잖아? 왜 그렇게 묶여 있는지 모르겠네? 그리고 너, 개! 그렇게 잔뜩 화가 나있으면서도 꼬리를 흔들어대는 모습이란! 참으로 가관이군.

나는 곁눈질을 하며 주변을 훑어보았다. 원숭이 얼굴이 빨개졌고, 개는 끙끙거리며 바닥을 긁어댔다. 왠지 나도 덩달아 숨이 턱 막히는 것 같았다. 그리고는 좌우로 목을 저울질하다 마침내 넥타이를 풀어헤쳤다.

야, 야, 딴청부리지 말고 제발 니 모습이나 보라구!

그제서야 나는 빈정대는 소리가 박제된 독수리로부터 나온다는 것을 알아챘다. 왜냐하면 맹수의 부리가 움직이고 있기 때문이었다. 혹시나? 하고 보스를 재빨리 살펴보았다. 그는 여전히 즐겁게 떠들어대는 것과 마시는 것에 몰두하고 있었다. 나라도 나서서 저 원숭이를 위해 변명이라도 해줄까, 잠시 망설였다. 내가 입을 뻥긋 여는 순간이었다. 저쪽에서 철커덕, 쇠사슬 소리가 들려왔다. 붉은 눈의 원숭이가 스스로 나섰다. 원숭이는 먼저 앞을 살피고 그런 다음 양쪽을 서너 번 두리번대더니 목에 걸린 사슬고리를 만지작거리며 나약한 목소리로 말했다.

이것 봐, 독수리. 사슬, 사슬, 너무 그러지 마! 저기 흰 테이블에 앉아 붉은 달을 마셔대는 신사가 목에 헝겊으로 된 끈을 매고 있는 거 보이지? 실은 저것도 장식용 사슬이지. 근데 저 치만 아니야. 팔십 층에 일하는 사람들 모두가 목에다 파란색 줄을 달고 있어. 밥벌이를 하려면 그럴 수밖에 없는 게 아니겠어?

원숭이가 말을 끝내자 이번엔 낑낑대며 개도 나섰다.

독수리 너도 딱하긴 마찬가지야? 박제되었으니까.

무슨 개 같은 말을? 항상 사슬에 매여 있는 주제에! 난 고통도 갈등도 없어.

이것 봐, 독수리, 우리가 노예인 걸 부정할 순 없지. 그래도 혹시 주인이라도 바뀌면 모르지 않나?

흥! 그런 걸 난 거짓 희망이라고 부르지.

독수리 네가 뭐라 말해도, 우린 살아있어! 비록 목엔 사슬이 걸려 있지만. 이거 굉장한 거 아냐? 박제된 너에 비하면?

어리석은 놈들 같으니라고! 아까 말했잖아. 넌 속이 부글부글해도 늘 개꼬리를 흔들어댈 수밖에 없잖아? 아냐? 아니면 말해 봐!

독수리가 독설을 계속 퍼부어댔다. 개는 저항하듯 컹컹댔다. 허를 찌르는 소리인지라 결국엔 개도 원숭이도 움츠러들지 않을 수 없었다. 주변에는 침묵이 흘렀다.

밤이 깊어가면서 달은 완벽히 구름에게 먹혔다. 하지만 밤하늘이 완전히 어두운 것은 아니었다. 설탕가루 같이 보이는 희미한 별들이 듬성듬성 나타나는 게 보였다. 까짓것 달이 없더라도 밤하늘엔 뭔가가 또 있는 것이었다. 사실 임원이 되는 길이 요원한 건 확실했다. 청춘을 바쳤건만, 층층을 바라보기엔 아무래도? 하지만 꼭 그것만이 길이 아닌지도 몰랐다. 아직 살아있는 한.

갑자기 독수리가 침묵을 깨뜨리며 연민어린 말투로 말했다.

이것 봐. 이야기 하나를 들려주지. 나도 표범한테 들었어. 정말 눈물 나. 얘기를 듣고 난 맹세했지. 차라리 죽더라도 노예처럼 살지는 않겠다고. 커다란 귀를 펄럭거리며 날아다니는 코끼리 '덤보' 들어봤지? 만화 영화도 있잖아? 아무튼 덤보의 실제 모델은 점보라는 아프리카 코끼리였어. 점보는 사냥꾼에게 어미를 잃고 고아가 되어 런던동물원으로 실려 왔지. 당시 영국 런던에서 가장 큰 볼거리였던 점보는 엄청 큰 덩치라서 그가 뒤뚱뒤뚱 걸어가면 런던브리지도 무너질 것 같았대. 처음엔 동물원에 갇혀 전시되지 않았지. 동물과의 교감을 제공하고 어린아이들에게 체험시키자는 의견 때문에 관람객이 2펜스를 내면 과자나 비스킷을 점보의 코에 쥐어 줄 수 있게 만들었대. 낮에는 동물 스타였지만 밤이면 점보는 상아를 땅바닥에다 긁어대는 이상한 행동을 하곤 했어. 아마도 트라우마 때문에 그랬겠지. 사춘기가 된 점보는 공격적으로 변했지. 아무리 가죽채찍과 못이 달린 갈고리로 때려도 다루기 어려워지자 런던동물원은 1만 파운드를 받고 미국 동물서커스단에다 팔아버렸어. 그래서 점보는 대서양을 건너게 되었어. 서커스 조련사들은 더욱 영악했지. 점보에게 빵과 과자를 위스키에 적셔 주기 시작했어. 그를 움직이기 위해 매일 위스키와 독한 술을 먹였는데 점보는 하루에 4리터 가량 위스키를 마셨대. 미국에 온 이듬해부터 점보는 원인불명의 질환으로 시름시름 앓았지. 점보가 죽어도 돈이 될 것을 직감한 서커스단 주인은 그를 박제하려고 계획 중이었어. 그런데 때마침 캐나다에서 쇼를 마치고 철로로 건너가다 화물열차에 치여서 죽어버렸지. 술에 취했다고는 하지만 자살한 거겠지. 점보가 죽자 서커스단 주인은 곧장 박제 작업을 들어갔어. '죽은 점보'는 서커스단이 가는 곳마다 따라다니며 대중의 눈물샘을 자극했지. 나중엔 디즈니 만화영화로 재탄생되고 지금까지 아이들은 그를 추앙하고 있지.

어휴, 정말 잔인하군! 인간종이란!

원숭이가 핏발이 선 눈을 굴리며 키익키익 부르짖었다. 개도 늑대처럼 우우 울었다.

야! 우리끼리 피 터지게 싸우지 말자. 우린 약자잖아.

맞아. 우릴 멸종시키고 있는 건⋯⋯,

갑자기 원숭이가 날뛰고, 개는 이빨을 드러내며 컹컹댔다. 그리곤 내 쪽으로 고개를 돌렸다. 동시에 무시무시한 독설을 품은 독수리도 매서운 눈알로 나를 잡아먹을 듯이 응시했다.

그건⋯⋯ 바로 저놈이야!

나는 정말 깜짝 놀라 스스로를 손가락을 가리키며 자리에서 벌떡 일어났다.

아니 왜? 하필이면 나를?

내가 자리에서 일어나자 테이블에 앉아 있던 주변 사람들은 나를 만류하려는 듯 옷자락을 잡아당기고 바짓가랑이를 붙들었다. 여태까지 얌전했던 사람이 왜 그러냐고 웅성웅성댔고, 또 분위기를 망치지 말라고 위협조로 엄포를 놓기도 했다. 그러나 그건 그저 스쳐가는 바람에 지나지 않았다. 나는 이미 항의하기로 결정했으므로.

왜 내 탓이지? 왜, 나 같이 평범한 놈의 책임이지?

그래, 바로 너 같은 놈의 탓이야! 아니면 누구겠어?

계속 독수리와 원숭이와 개가 합세해서 왕왕거리며 나를 몰아댔다. 나는 억울하고 억울하여 분한 감정을 추스를 길 없어 소리를 질러댔다.

억울해! 나도 약자야…, 약자라고! 그 그건…… 바로 저들 탓이지!

쉿! 혹시 들을라.

어디선가 밤을 칼질하는 듯한 쉿, 소리가 날카롭게 들려왔다. 그 쉿, 쉿, 소리는 메아리를 만들며 점점 어둠 속으로 퍼지고 있었다.

자아, 이제 말해 봐! 누구라도 좋아. 말해 보라구! 너희들이 그렇게 만들었지 않았냐고? 여기야말로 실로 동물농장이 아니냐고?

그런데 막상 내가 손가락으로 가리키고 있는 곳에는 아무도 없었다. 적어도 내 눈엔 아무도 보이지 않았다. 그 순간 레스토랑에 있던 무리들이 갑자기 의자 밑으로 몸을 숨기고 있는지 아니면 모두 벌써 집으로 돌아갔는지 내가 가리키고 있는 공간에는 '저들'은 없었다. 나는 혹시나, 하고 흐릿한 눈을 마구 비벼 보았다. 손바닥으로 얼굴도 북북 문질렀다. 그러나 여전히 아무도 보이지 않았다. 나는 악몽을 꾸고 있는 것이 분명했다. 이마에 송송 땀이 맺혔다.

극악무도한 악당의 몽타주

화가 C는 경찰서로 가는 중이었다. 날이 추웠다. 게다가 눈인지 비인지 헷갈리는 진눈깨비가 내리고 있었다. 거리의 공기는 축축하고 길바닥은 질척거렸다. 그는 목을 깊숙이 회색 잠바에 파묻고는 미끄러지지 않으려고 조심조심 걸어갔다. 어쩌다가 이런 일에 발을 들여놓게 되었는지 후회스러운 마음이 없지 않았지만 한 장만 잘 그려낸다면 따끈한 방안에서 일주일을 빈둥빈둥 지낼 수 있었다. 찰랑거리는 동전소리가 들리면 그의 뱃속이 두둑해지는 것 같았다. 하지만 이 일은 만만치 않았다. 부담도 많았다. 대상이라도 또렷하면 까짓것 모델을 크로키 하듯 몇 초 만에 그려낼 수 있을 텐데, 생각하며 화가는 몸을 으스스 떨었다.

경찰서 문을 들어서자 그는 주위를 두리번거렸다. 이 문 앞에 서면 언제나 꺼림칙한 느낌이 들었다. 허름한 외투와 헝클어진 머리가 그를 범죄자로 오해하게 만들 확률이 높지 않을까, 하는 우려가 컸다. 복도에 서 있는 남자들 얼굴은 죄다 험상궂었다. 어떤 자는 침을 뱉고 있었고, 또 어떤 자는 누군가에게 한 방 먹이고 싶어 하는 제스처를 하고 있었다. 누가 범죄자이고 경찰인지 잘 구별되지 않았다. 그렇다고 일부러 살펴볼 필요는 없었다. 그는 코트에서 4B 연필 두 자루를 꺼냈다. 그게 무기라도 되는 듯이 꽉 움켜잡고 화가 C는 시끌벅적대는 수라장을 지나 간신히 주임형사의 테이블까지 도착했다.

주임형사는 복잡한 사나이였다. 성질이 급하고 사나웠고 말할 때면 놀란 말처럼 콧김을 세게 내뿜으며 말했다. 눈은 날카로운 매같이 생겼다. 그에 비하면 화가는 순한 기린의 눈매에다 몸은 늘 웅크리고 있어 등이 둥그렇게 굽어 있었다. 등이 굽었기 때문에 그의 호리호리한 몸에서 뻗어나간 목은 화초처럼 앞으로 기울어져 있었다.

주임형사는 화가의 눈과 마주치기가 무섭게 다짜고짜 소리를 질렀다.

"이놈, 증말 흉악한 새끼 아냐!"

화가는 의자에 앉다가 미끄러질 뻔했다.

"뭘 그렇게 놀라오? 제대로나 앉으시오! 아으, 이 새끼가 주제에 색을 밝힌다니까! 꼭 길거리 여자만 해치고 말야. 이런 놈들은 당장 잡아 족쳐야 해! 그래야 불쌍한 여자들도 안전하게 거리를 활보하지 않겠소? 잊지 마시오! 그래서 당신과 나는 이 일을 하는 거요. 그건 그렇다 치고. 지금은 각자가 할 수 있는 일이나 집중합시다. 그런 놈이 있기에 우리도 밥벌이를 하니까."

흉악범 얼굴은 아무도 몰랐다. 용케 살아남은 피해자도 그가 어떻게 생겼는지 모른다고 했다. 어렴풋한 이미지만 기억에 남아 있다고들 했다. 급박한 상황에 부딪히면 지성도 상식도 유용하지 않았다. 이미지…, 언제나 그것만 기억에 남았다! 그러나 그 이미지라는 게 단순한 게 아니었다. 종국에 가서 기억의 줄기에 어떤 이미지가 남게 되는 것은 불가사의한 것 중의 하나였으니. 어쨌든 화가 C는 이런 저런 사람들의 입에서 나온 조각조각 말들로, 늦어도 이번 주말까지는 흉악범의 이미지를 꿰맞추어야 했다. 그가 그려내는 이미지는 전국에 있는 기차역에, 우체국에, 고속도로 터미널에, 동사무소에, 각종 공공건물에 붙을 예정이었다.

"자아, 놈의 눈부터!"

주임형사가 소리쳤다. 오직 하나뿐인 악당의 얼굴을 그리기 위해 화가는 오른 손에 4B 연필을, 왼손에는 지우개를 잡았다.

"그 놈의 눈은 작고, 째지고, 탁하고, 더럽고, 음흉하다더군. 음, 뭐라고? 그건 좀 모호하다고? 헌데 자넨 좀 크게 말할 순 없나? 난 귀가 나쁘거든. 정 그렇다면 우선 쫙 찢어진 뱁새눈을 그려놓게나. 나중에 수정하더라도. 모두 매섭다고들 했으니."

화가의 길고 섬세한 손가락이 재빨리 움직였다. 연필의 검은 흑연이 흰 종이를 사각사각 밟고 가더니 어느새 거기에서 악한의 눈동자가 생겨났다. 흰 종이 위에서 째진 뱁새눈이 매섭게 그들을 쳐다보았다. 두 남자도 한참 동안 종이에 그려진 눈을 노려보았다. 마침내 그들은 뱁새눈과의 눈싸움을 멈추고 서로 마주보며 고개를 끄덕였다.

"좋았어! 놈의 얼굴은 넓적하고, 비굴하고, 살집이 있다고 피해자들이 그러더군. 허긴 그 여자들이 뭘 알겠소만 직감은 꽤 있는 편이니까. 사실 그년들이야……"

주임형사는 혼자 씨부렁거리며 이상한 웃음을 흘렸다. 하지만 화가는 그렇게 생각하지 않았다. 그 여자들이야말로 혐오스런 놈도 참아주고, 유치한 놈을 위로하며, 못난 놈도 못난 대로 받아준다는 걸 경험으로 알고 있기 때문이었다. 그들이 존재하지 않는다면 낙오되고 소외된 놈들은 어디서 사랑을 얻을 수 있겠는가, 라고 화가 C는 생각했다.

"놈의 콧방울은 좁고 코끝이 꺾어졌다고 했소!"

"혹시, 주임님의 코와?"

그 말은 실수였다! 주임형사의 얼굴이 벌게졌다. 곧 이어 달리는 야생마의 거친 숨소리가 들려왔다. 그러자 바깥에 있던 형사 하나가 자기를 불렀냐고 고개를 내밀었다. 갑자기 열려진 문으로 악다구니 같은 잡음들이 실내로 밀려 들어왔다. 카악, 주임형사가 가래침을 뱉었다. 주눅이 든 화가는 공연히 죄 없는 4B 연필 대가리를 이빨로 씹어댔다.

"귀는 상당히 크다고 하오. 귓밥이 이렇게 둥그렇고 안테나처럼 생겼고."

주임형사는 소리 지르듯 말하다가 자신의 귀를 만지작거렸다.

"그런데 말이오. 참으로 이상한 점은, 놈의 입은 그리 극악무
도하지 않게 생겼다고 합디다. 오히려 육감적이라나? 입술은
매끄럽고 특히 침이 많다고 했소. 여자를 보고 침을 흘리는 동
물이라 그런가? 어쨌든 여기 자료가 더 있으니 좀 살펴보시오."

형사의 말과 피해자의 증언과 CCTV에 남겨진 희끄무레한
그림자 형체를 참고하고, 자신의 예리한 직관을 동원해서, 화가
는 퍼즐 같은 몽타주에 집중했다. 그의 등에선 진땀이 나고 시
간은 소리도 없이 서풋서풋 흘러갔다. 이윽고 화가 C는 그림을
주임형사에게 내밀었다.

"제기랄! 아니, 이게 뭐야! 이렇게 그리면 어떡해! 이것봐, 화
가양반. 흉악범 얼굴치곤 너무 평범하잖아!"

화가는 눈을 가늘게 뜨고 자신이 그린 몽타주를 다시 살펴보
았다. 사실 그 말에 반대할 수는 없었다. 그러고 보니 그런 것
같았다. 악당의 몽타주는 결코 한 번에 이루어지는 작업이 아니
었다. 솔직히 악당의 경우에만 그런 것은 아니지만. 그는 애써
그려낸 스케치를 갈기갈기 찢어 쓰레기통에 던져버렸다. 화가
는 잠시 휴식을 위해 담배를 꺼내 물고는 창가에 기대섰다.

경찰서 밖에는 여전히 비인지 눈인지 구별되지 않는 진눈깨
비가 소리 없이 내리고 있었다.

낯선 곳에 와서

여기가 어딘지 사방을 휘이, 둘러보았다. 정면으로 보이는 창
밖에서는 흰 눈송이들이 하나 둘씩 가볍게 휘날리고 있었다. 옆
으로 고개를 돌리자 유리 회전문이 뱅그르르 한 바퀴 돌고 거기
서 여자들이 걸어 나왔다. 모습이 엇비슷한 두 처녀는 인형처럼
차림새가 똑같았다. 긴 머리 헤어스타일도, 작달막한 키도, 검
은 잠바 코트도, 가죽 구두도! 그녀들은 군인처럼 규칙적이고
잰 걸음으로 무대를 가로지르듯 로비를 스쳐 지나갔다. 나는 코
에서 한참 미끄러진 도수 높은 안경을 손가락으로 추켜올렸다.
그리고 보니 둘은 자세도 걸음걸이도 모두 일치했다. 마치 쌍둥
이가 걸어가는 것만 같았다. 발맞춤도 정확했다. 재빠른 걸음으
로 사라지는 그녀들의 뒷모습을 바라보던 나는 머리를 흔들었
다. 혹시 네 개의 다리를 가진 한 사람이 아니었을까, 내 시력이
의심스러웠다. 그때 바로 등 뒤에서 말소리가 들려왔다.

"넌 누구냐, 말해 봐? 말 좀 해보라구?"

난데없는 소리에 깜짝 놀라 뒤를 돌아다보았다. 휠체어에 앉은 노파가 퉁명스럽게 내뱉은 말이었다. 노파의 눈동자는 퀭하니 비어 있었고 왠지 화가 난 얼굴이었다. 노파는 자기 딸인 듯한 여자에게 연신 '난 누구이고 너는 누구냐'라는 말을 퍼붓고 있었다. 나는 괜스레 마음이 뜨끔해졌다.

회전문과 연결되어 있는 로비는 운동장만큼 넓었다. 대부분 사람들이 뭔가를 '손'에 들고 있거나 '등'에 매고 있거나, '타인'을 붙잡고 걸어가거나, 휠체어를 '스스로' 밀거나 하면서 갈팡질팡하고 있었다. 로비의 대리석 바닥은 매끈거리고 미끄러웠다. 그래도 아무도 넘어지는 사람은 없었다.

나는 로비를 스쳐 지나가는 사람들을 바라보며 이방인처럼 멀거니 서 있었다. 갑자기 흰 가운을 입은 젊은이가 바로 코앞을 지나가다 나를 살짝 밀쳤다. 얼떨결에 나는 손에 든 커피컵을 놓쳤다. 나를 치고 도망간 젊은이는 벌써 저 멀리로 뛰어가고 그 뒤를 어떤 남자가 쫓아갔다. 그 남자의 손에는 가위가 들려 있었다. 절룩거리며 쫓아가는 남자는 소리를 질러댔다. '저놈을 잡아, 저 의사 놈을!' 하고 외쳤다. 하지만 쫓아가는 남자도 흰 가운을 입고 있었다. 그들로 인해 로비 공간이 소란스러워졌다. 연이어 사람들의 웅성대는 소리가 윙윙 메아리쳤다. 얼마 안가서 제복을 입은 경비원이 두 남자를 끌고 나타났다. 둘 다 의사가 아니라 환자들인 듯싶었다. 아무래도 결론이 그런 것 같았다. 이윽고 소동은 낮은 파도처럼 가라앉고 주위는 평상시로 돌아갔다.

병원 로비는 시장터처럼 순식간에 다시 붐비기 시작했다. 나는 다시 창밖으로 시선을 돌렸다. 눈송이들은 아까보다 커지고 무질서해지면서 아득한 풍경으로 전환되고 있었다. 멀고 먼 나라에서 공간이동을 해온 듯 나는 여기에 서 있는 내가 낯설었다.

그때 휠체어를 탄 여자가 지나갔다. 그 여자는 링거를 꽂은 깡마른 손으로 뭔가를 바닥에 던졌다. 그러자 뒤에서 따라오는 여자가 날쌔게 그것을 수거했다. 휠체어 여자는 껌 조각이며 휴지 따위를 함부로 내던지고 다른 여자는 기다렸다는 듯이 버려진 것들을 잽싸게 집어서 쓰레기통에다 넣었다. 둘 다 보글보글한 파마머리를 하고 있었고, 얼굴아래 부분을 흰 마스크로 가리고 있었다. 한 여자는 별 이유도 없이 아무렇게나 쓰레기를 버리고, 또 한 여자는 일삼아 그것을 치우고 하는 행태가 이상하면서도 코믹하게 보였다. 왠지 사디스트와 매조키스트를 연상시켰다. 혹시 그들이 무슨 거래라도 하고 있지 않나, 수상쩍다는 생각도 떠올랐다. 서로 아는 사이는 아닐 텐데, 둘 다 너무도 당당하게 행동을 하고 있는 짓이 아무래도 무슨 연극을 하는 있는 건지도 몰라, 하는 결론으로 이어졌다.

그래, 그런지도 모르지, 혹시 누군가가 일부러? 나는 중얼거리며 조심스레 주위를 살펴보았다. 창밖에는 여전히 눈송이들이 휘날리고 있고, 로비에 구석진 곳에 위치한 카페에서 구수한 빵 냄새와 커피향이 흘러나오고, 바로 그 옆에 놓인 현금기계에서는 어떤 남자가 돈을 출금하는 소리가 드르르륵 들려왔다.

때마침 뱅그르르 도는 회전문으로 둥근 배를 앞세우고 젊은 여자가 들어오고 있었는데, 거의 동시에 회전문을 통해 앵앵 시끄럽게 우는 갓난아기를 품에 꼭 안고 나가고 있는 여자의 뒷모습이 보였다.

아니, 저토록 빠르게? 회전문을 바라보던 나도 뱅그르르 어지러움을 느꼈다. 내 두뇌가 고장 난 것인지, 저 회전문에 마술이 붙은 것인지. 나는 흐릿한 안경을 벗어 안경알을 닦았다. 그때 갑자기 옆에서 어린 소년이 칭얼대는 소리가 들려왔다.

"또? 또? 또야, 으앙, 난 싫단 말이야!"

목숨이 간신히 붙어있는 듯한 늙은 남자 노인이 지팡이에 의지해 걸어가다가 갑자기 에취, 재채기를 했다. 휘어지고 늙은 두 다리가 후들거릴 정도의 센 재채기였다. 내 옆에서 칭얼대던 어린 소년은 노인이 자기를 야단치는 줄 알고 금세 조용해졌다. 시차적 오해로 인해 아이의 투정이 단박에 사라져버렸다.

조금 전 나는 누구냐고 불평하며 휠체어에 앉아 있던 할머니와 그 옆에 똑같은 얼굴을 가진 젊은 여자가 짝처럼 나란히 뭔가를 속삭이며 출구 쪽으로 걸어갔다. 내 앞에 곧바로 보이는 창밖에는 눈이 어지럽게 내리고 있고, 그 광경을 바라보는 나는 점점 꿈속으로 떨어지는 듯한 기분이었다.

"아무래도 연극이야. 어느 쪽이 분장한 건지 모르겠지만……."

나는 아이처럼 두 눈을 비벼대며 관자놀이를 양손으로 잡은 채 약속 장소로 걸어갔다. 데스크에 다다르자 병원 의료인들이 분주하게 움직이는 모습이 눈에 들어왔다. 벽에 걸려있는 전광

판에는 2개의 숫자를 지닌 번호들이 줄지어 개시되었다가 차례대로 사라지곤 했다. 나는 되도록 소리를 내지 않고 가만히 구석의자에 앉았다.

간호사가 번호를 호출하면 사람들은 일어나 데스크 앞으로 불려나갔다. 이윽고 어떤 간호사가 11번님! 하고 큰 소리로 외쳤다. 아무도 앞으로 나오지 않자 그녀는 짜증난 얼굴로 차트를 내려다보며 그 번호를 또 호출했다.

나는 내 손에 들린 쪽지를 펼쳤다. 숫자는 일치했다. 일어나야 되는지 아니면 모른척하고 있어야 되는지 망설였다. 어느 쪽이든지 빨리 결정해야만 했다.

간호사는 계속 이름과 번호를 불러댔다. 나는 고개를 푹 숙이고 종이쪽지를 움켜잡고 있었다. 무엇보다도 혼돈스러운 것은 그녀가 부르는 이름이었다. 그것이 정말 내 이름일까, 확실하지 않았다. 간호사의 목소리는 점점 옥타브가 올라가고, 동료 직원들이 그녀 곁으로 모여들었다. 그녀들이 쑥덕대는 소리가 증폭되어 들려왔다.

처음에는 한쪽 눈은 감고 다른 쪽 눈을 뜨고 있었지만 그것도 오래 지탱하기엔 힘들게 느껴졌다. 아예 두 눈을 감아버리기로 했다. 반응하지 않으려면 이게 최선의 방책이었다. 그러나 그것도 오래 유지하기는 힘들었다. 사방에서 몰려오는 소음들로 귀가 괴로워졌다. 눈을 살짝 떠보았다. 조금 아까 광경이 바로 이어졌다. 마치 스톱모션이었던 화면이 다시 살아나서 움직이는 것처럼 사람들은 같은 행동을 반복하고 있었다.

부산함으로 가득한 이 낯설고 병든 공간, 그 가운데서 나는 좌망의 노인처럼 의자에 앉아 기억을 찾으려고 눈을 깜빡거렸다. 여기에 내가 왜 있게 되었으며, 타자들은 왜 연극을 하고 있는지, 생각하고 또 생각하면서.

그러나 그건 모호한 수수께끼에 속했다. 도저히 알아낼 수도, 풀 수도 없는. 나는 다시 고개를 들어 맨 눈으로 창 쪽으로 시선을 돌렸다.

창밖에는 방향을 잃은 듯한 희고 흰 눈송이들이 손바닥만 한 크기로 내 뺨따귀라도 때리려는 듯이 마구 떨어져 내리고 있었다. 그렇게 우두커니 바라보고 있는 동안, 차가운 북풍에 흔들리며 미친 듯 휘날리는 수많은 눈송이들 중의 하나가 또렷하게 내 시선을 향해 다가왔다. 그 희미한 눈송이는 마치 거대한 우주처럼 내 눈동자의 한 점 속으로 아프게 비집고 들어와 현실처럼 모여들고 있었다.

길거나 짧거나 연극이 끝날 때

차가운 밤공기를 마시며 말없이 걸어가는 두 남자는 서로 얼굴을 쳐다보지 않았다. 그들은 대학로 근방에 오픈 천막 카페를 찾아가는 중이었다. 앞선 남자는 주연을 맡았던 K, 그의 뒤를 따라가는 남자는 엑스트라 K, 일명 조두였다. 이상하게도 연극에선 조두에겐 한 마디 대사도 주어지지 않았다. 무대에서 일어나는 모든 것을 그저 말없이 지켜보는 역할이었다.

"젠장! 연출도 너무 했어. 공연 내내 무대에서 일어나는 일을 멀거니 바라보고만 있자니 얼마나 지루했겠어? 어휴, 그 지겨운 역도 이젠 끝났지만."

K는 말하면서 슬쩍 조두를 쳐다봤다. 그를 위로하려고 말을 꺼냈건만 웬일인지 조두는 무대에서처럼 어떤 대꾸도 하지 않았다. 그의 침묵은 외려 불안감을 가중시켰다.

"그렇게 삐치지 말라고! 배역이었을 뿐인데."

그가 생각해 봐도 이번 연극은 힘들고 피곤하고 짜증나고 고단한 시간의 연속이었다. 게다가 공연마다 쑥덕대는 소리들이 객석에서 들려왔다. 뭐가 이래? 누가 누굴 사랑한 건지 알다가도 모르겠네, 또 저 치는 뭐야? 왜 주인공만 따라다니는 거지? 유령인가? 등등. 하지만 탓을 하자면 배우 때문이라기보다 극본 자체에 문제가 있었다.

"연극엔 해독할 수 없는 장치가 있긴 해. 그렇다 쳐도 누군가가 매번 존재감 좆나게 없는 미비한 역이나 맡는다면 얼마나 불공평해? 자네가 이해되네."

조두는 여전히 대꾸가 없었다. K는 약간 기분이 상했다.

"날 비웃고 있는 건 아니지?"

"아, 아니······"

조두는 잠깐 말하다가 숨을 멈추듯 다시 공백을 두었다.

"그그, 그게······"

"뭘 그리 주저하는 거야. 목구멍이 붙어버린 사람처럼?"

K가 그렇게 말하자 조두는 정말 목구멍에 말이 걸린 사람처럼 두 손을 목 근처로 가져갔다.

K는 못 본 체하며 앞서서 골목길 쪽으로 접근해 들어갔다. 조두도 말없이 따라갔다. 그들이 한 걸음 한 걸음 옮겨놓을 때마다 왠지 골목길이 좁아지는 것만 같았다. K는 속으로 길을 잘못 들어왔나, 걱정이 되었다. 옆에서 걷고 있던 조두가 입을 열었다.

"그러니까······ 자넨 너무하더군."

"뭐가?"

"그게 그러니까……"

K는 짜증이 나서 얼른 말머리를 자르며 조두를 타일렀다.

"인생이란 공평하지 않아. 누구는 실력이 있어도 평생 엑스트라로 끝나고, 누구는 이유도 없이 각광을 받을 수도 있지. 본시부터 공평한 게임이 아닌데, 슬퍼하거나 주눅이 들어 있을 필요가 뭐 있겠어? 안 그래?"

조두는 입을 다물고 아무 대꾸도 하지 않았다. K도 더 이상은 조두를 동정하고 싶지 않았다. 무엇보다도 그는 갈증으로 목이 말랐다.

그들은 골목길에서 좀 더 트인 대로로 걸어 나왔다. 그 순간 조두가 처음으로 완전한 문장으로 말했다.

"자넨 너무했어. 한 번도 내게 눈길을 보낸 적이 없었으니."

"뭐? 그건 또 무슨 말이야? 남자들끼리?"

K가 발끈 화를 냈다. 그러나 그가 고개를 돌렸을 때 조두는 뒤로 물러나 K의 등 뒤로 가버렸는지 보이지 않았다. 이 자식이 곤란할 때면 침묵하거나 숨어버리는 비겁한 놈이 아닐까, K는 새삼스레 그가 의심스러웠다.

"이거 봐, 조두! 난 호모가 아니야!"

"나도 아니야!"

조두는 불에라도 덴 듯 깜짝 놀라며 억울하다는 듯이 말했다.

"아니고말고! 하지만 자네 시선은 공연 내내 줄곧 그 여자에게만 쏠려 있었어. 원래 연출은 자네를 바라보는 나를 의식하라고 했는데…. 왜냐면… 나는 자네의……"

그때 오토바이 한 대가 기관총 쏘는 소리를 내며 그들 앞을 스쳐갔다. K는 귀가 멍멍해졌다. 따발총 소리는 K 귀속의 달팽이관을 한참 동안 흔들었다. 그들은 시끄러운 곳을 피하려고 모퉁이를 돌아 다른 길로 들어섰다.

대학로엔 작은 갈림길들이 많았다. 길은 어둡지만 조용했다. 그는 길의 어두운 분위기가 맘에 들었다. 조두가 K의 어깨 근처에서 속삭이듯 말했다.

"자네 사랑은 착각이야…"

"아니, 그건 또 무슨 뚱딴지같은 소리야?"

K가 반박하자 조두는 얼굴을 씰룩거렸다. 하지만 말을 더 하려고 애를 쓰는 눈치였다.

"자네가 인정하긴 싫겠지만, 사랑… 그건… 욕망의 변신이지."

"흥, 넌 호모라서 뭘 모르는군. 인생엔 그것밖에 없어. 사랑과 죽음 외엔 뭐가 남겠어? 있으면 큰 소리로 말해봐!"

K는 송곳으로 밤하늘을 찌르듯이 날카로운 소리를 질렀다. 이번에도 조두는 얼른 비켜나 K의 등 뒤로 가버렸다. 조두 이 자식이 정말 누군가에 빌붙어 사는 놈이 아냐? 라는 생각을 하지 않을 수 없었다. 그리고 보니 조두는 숨소리는 물론 발자국 소리도 제대로 내지 않고 걷고 있었다. 대체 날 줄곧 따라다니는 이 자식이 누구지, 하고 생각하려는데 어느새 다시 조두가 곁으로 와서는 변명하듯 말했다.

"그러니까… 내 말은… 자넨 그녀의 연기에 반한 거야… 연극이 끝나버리고 나면 그녀는 빈껍데기 인형 같지 않아… 현실은 나, 나, 나라고… 자네가 진정 사랑해야 할 상대는…."

"제발 그 변태 좀 집어치워!"

K가 더는 못 참겠다는 듯이 고개를 절레절레 저으며 소리쳤다. K의 강렬한 반응에 조두는 말문이 막혀버린 듯이 두 손을 또 목으로 가져갔다. 그러고는 혼잣말로 나지막하게 중얼거렸다.

"쯧쯧, 내가 누군지 그렇게도 몰라? 나는 너의……"

그러나 길거리 소음 때문에 K는 조두의 말을 듣지 못했다.

두 남자는 더 이상 말도 얼굴도 쳐다보지 않고 땅만 보며 걷기 시작했다. 골목과 골목 사이를 한 시간은 족히 걷고 있었지만 그들이 찾고 있는 천막 카페는 눈에 뜨이지 않았다. K는 갈증이 심해 목이 타올랐다. 게다가 어지럽기까지 했다. 같은 골목을 빙글빙글 돌며 미로에서 헤매는 기분이 들어서였다. K는 피곤해진 얼굴을 문질렀다.

"이상하군, 길을 잘못 들어왔나? 너도 거기 기억나잖아?"

조두가 고개를 가볍게 끄덕였지만 대답하진 않았다.

그들은 골목길을 빠져나와 다시 사거리가 있는 혜화동 큰길가로 되돌아왔다. 신호등 건너편으로 유리창이 훤히 트인 모던해 보이는 커피점이 보였다. 흰 벽으로 둘러싸인 실내엔 흰 테이블과 플라스틱 의자들만이 덩그러니 놓여 있고 텅 빈 휴게소처럼 비어 있었다. 근처에 서 있는 나무와 가로등 불빛만이 유리창에다 그림자들을 흔들어대고 있었다.

"어이, 조두! 차라리 저기서 목을 축이면 어떨까?"

조두는 대답 대신 고개를 끄덕였다.

그들이 투명 유리창으로 둘러싸인 모던 카페로 들어가려는 순간이었다. 도로 건너편에 있는 버스 정거장 버스 한 대가 지나갔다. 그런데 너무도 우연히도, 버스의 푸르스름한 형광 불빛 아래, 그녀가 앉아 있는 것이 눈에 들어왔다. 두 남자가 동시에 눈을 비볐다.

"어, 어, 저기 그 여자 아냐?"

"그런 거 같은데⋯⋯?"

조두가 맞장구를 쳤다. 잠깐만! 크게 외치며 K는 길 건너로 뛰어갔다. 발정 난 수사슴처럼 함부로 무단 행보하는 그에게 누군가가 자동차 크락션을 눌러댔다. 그럼에도 그는 아랑곳하지 않고 부르릉 떠난 버스를 따라 미친 듯이 뛰어갔다. 바람이 그의 머리카락을 허공에 날리게 했고 조금 아까와는 전혀 다른 분위기를 창조해 주었다. K는 날아가듯 뛰어가 버스를 멈추고 그녀의 어깨에 손을 얹을 수 있었다.

그러나 아니었다! 헤어스타일과 뒷모습이 닮아 보였을 뿐이었다. 기대만큼 실망시키는 것은 없었다. K의 얼굴이 금방 반쪽으로 쪼그라들었다. 조두는 그림자처럼 어둠에 서 있다가 힘없이 터벅터벅 걸어오는 그를 말없이 바라보았다.

그들은 다시 오픈 천막 카페를 찾아 걷기 시작했다. 걸어가는 두 사람의 그림자가 가로등 불빛아래 희미하고 납작해지다가 다시 늘어나 한 겹으로 겹쳐지고 있었다. 때로는 스쳐가는 자동차 불빛에 의해 한 사람의 그림자가 여러 개로 나누어지기도 했다. 그들은 도보 위에 펼쳐지는 그림자들을 앞세우고 말없이 한참을 걸어갔다. 하지만 아무리 골목을 헤맸어도 천막 카페를 찾을 수 없었다.

"노상 다니던 곳인데, 이상하군. 분명히 이 근처였는데?"

K는 두리번거리며 처음으로 주변을 둘러보았다.

거리에서는 밤이 깊어가고 있었다. 완전히 암흑이라고 할 수는 없지만 뭔가에 둘러싸인 듯했고, 눈에 들어오는 것들은 하나도 없었다. 주위는 왠지 멀고 낯설고 기이하게 보였다.

문득 그는 옆에 있는 조두를 확인하려고 고개를 돌렸다. 조두의 얼굴도 깊은 밤처럼 암흑에 덮여 있었다. K가 목 언저리를 만지며 말했다.

"연출이 그러는데, 끝에 가선 누구나 회한할 수밖에 없대. 잘 살아도 후회, 못 살아도 후회. 짧거나 길거나, 악당이나 주인공이나 다 실패하고 돌아가는 거래. 근데, 도무지 여기가 어딘지 모르겠군?"

K는 무엇에 귀를 기울이듯 갑작스레 말을 멈추었다. 조두가 스쳐가는 바람처럼 들릴락말락 뭔가를 속삭였기 때문이었다.

"뭐? 뭐라고? 네가 누구라고?"

그가 얼른 고개를 돌렸으나 조두는 어디론가 증발해버린 듯 더 이상 아무런 소리도 들려오지 않았다. 어이, 조두! 하고 큰소리로 부르며 찾아봐도 그는 보이지 않았다. 쳇, 치사하게 말도 없이 가버리다니, 투덜대다가 자신이 혼자 남겨진 것에 대해 화가 났다.

K는 조두를 욕하면서도 한 번 더 그의 이름을 불러보았다. 그러나 주변은 고요할 뿐이었다. 자식, 결국 잘난 체하더니만 의리는커녕 진짜 존재감이라고는 하나도 없는 유령 같은 놈 아냐? 그는 투덜대며 도보 가장자리에다 침을 뱉었다.

그리고는 멀거니 홀로 서서 자신이 서 있는 도보를 다시 내려다보았다. 이따금 지나가는 자동차 헤드라이트 불빛으로 자신의 그림자가 늘어나다가 다시 작아지고, 때로는 한 사람처럼 또는 여러 사람처럼 땅 위에 그려지다가 불빛이 없어지면 어둠 속으로 사라져버렸다. 도보 가장자리에 우뚝이 서 있는 푸르스름한 가로등 불빛 아래, 잠시 고정된 그림자는 지치고 혼란스럽고 고단해 보였다.

방문객

용띠였던 어머니가 임진년을 맞이한 일월 일일에 꿈 손님으로 나를 찾아오셨다. 그것도 칠일 밤에 걸쳐 내내! 첫날은 오시자마자 곧바로 소변을 보셨는데 무진장 끝이 없었다. 마치 강물처럼 또는 강물이라도 통째 쏟아버리겠다는 듯이 어머니의 소변은 여신의 그것처럼 너무나 길고 길어 나중엔 설산에서 흘러나오는 희고 흰 우유처럼 변해버리는 것이었다. 마침내 어머니는 싱긋 웃으면서 '아휴, 내가 너무 오래 참았나 보다. 워낙 바빠서 오줌을 눌 사이도 없었지 뭐냐.' 라고 말하셨다. 어머니 얼굴은 생전과 비슷해보였다. 꿈에서는 늘 그러하듯이 나는 어린 소녀였고, 어머니는 임종 당시보다 훨씬 젊은, 중년여자의 모습이었다.

"근데, 애야. 날 용화사 말고 다른 데 모셔줄 수는 없겠니?"

그것이 어머니의 첫 요구였다.

"왜요? 거기가 영가를 모시는 절로 최고라고들 하던데요?"

나는 볼멘소리로 구시렁거렸다. 살아생전 어머니는 늘 칠칠치 못한 내게 불만이 많았으므로 나도 모르게 말대꾸하던 버릇이 튀어나왔다.

"맞다, 네 말이 맞아. 하지만 요즘엔 내가 부쩍 편치 않아졌거든."

오랜만의 해후인데도 우리 모녀는 서로의 얼굴을 정면으로 쳐다보지 않고 말하고 있었다. 그건 일종의 긴장 탓도 있었다. 만년위패를 만들어 어머니를 그곳에다 모신 일은 상당한 모험에 속했다. 왜냐면 시댁 식구가 보수파 기독교인이었을 뿐만이 아니라, 나도 어머니도 세례교인이었으니까. 게다가 나는 고등학교부터 대학까지 미션 스쿨을 다녔고, 한때 맹신자에 속한 적도 있었으니까.

아무튼 입술에 '하나님 아버지'라는 이름을 자주 달고 다녀서인지 아니면 어머니의 신념 때문인지, 운명은 회오리바람을 일으켜 우리를 미국 땅에다 이전시켰다. 어찌어찌해서 우리는 어머니 계획대로 이국땅에서 결혼도 하고 자식도 낳았으며 직업과 경제적 안정을 이루었다. 그러나 한국 남자와 결혼한 나만 빼고 모두 미국에 남아 있게 되었다. 동생들도 결혼은 했기는 했는데, 둘 다 미국 남자였다. 어머니는 그것이 늘 불만이었다. 어머니가 돌아가셨을 때, 아들도 없었고 또한 사위들도 미국남자였으므로 가족의 합리적인 합의로 미국식 장례를 치를 수밖에 없었다. 관 뚜껑을 열고, 죽은 얼굴에다 화장을 하고, 좋아했던 옷을 입히고, 사자를 산 자처럼 만들어, 이별을 나누는 어색한 장례식.

나는 내심으로 유골을 한국으로 가져오고 싶었다. 말다툼과 격렬한 갈등 끝에 우리 세 자매는 화장된 뼛가루를 셋으로 나누었다. 대륙을 나누듯이 또는 어머니 육체가 마지막 유산이기나 한 듯이! 삼분의 일은 로스앤젤레스에 사는 둘째에게, 삼분의 일은 뉴욕의 막내에게, 삼분의 일은 한국으로! 나는 이 합리적이고 공평한 결정이 아무래도 죄스럽게 느껴졌지만 어쩔 수 없었다. 우리 가족은 모두 민주주의를 신봉했으므로. 비애와 불면의 밤을 지낸 나는 우연히 친구를 통해 영가에게 매일 기도와 예불과 법문을 해준다는 절이 있다는 말을 듣게 되었다. 천도제를 지내줄 뿐만이 아니라 하루도 거르지 않고 영원히 만년까지, 새벽마다 예불과 독송과 법문을! 그 절이 바로 용화사였다. 비록 유골의 삼분의 일만을 한국으로 모셔왔지만 어머니의 영혼전부는 그 절에다 맡기기로 마음먹었다. 그러나 동생들과 이모와 시댁 식구한테는 알리지 않고, 나 혼자 독단으로 처리할 수밖에 없었다. 심장을 쿡쿡 쑤시는 죄의식에도 불구하고!

그런데 어머니가 난데없이 나타나신 것이다. 거기를 떠나고 싶다고! 그것도 칠일 밤에 걸쳐! 집요하게 보채시면서!

"처음에는 좋았단다. 새롭고, 신기하고, 편안했어. 난 늘 법당에서 숫자로 앉아 있지. 내 이름 위에 서 있기도 해. 쯧쯧, 그렇게 놀라지 말렴. 네가 상상하고 있는 것처럼 나쁘진 않아. 나만 아니라 누구나 그래. 육체가 없으니 공간도 필요 없더라. 가볍고 자유롭단다. 마치 공기처럼, 음악처럼, 햇살처럼! 새벽녘 해 뜨기 전, 푸른 잉크 빛이 하늘을 물들이기도 전에 목탁소리가 울리지. 그건 하루가 시작되었다는 거야. 이어 독송이 들려오는데 무척 아름다워. 생전에는 몰랐거든. 이제 다른 소음은 못 견디겠어. 경을 읊조리는 소리가 찬송가만큼 좋게 느껴진단다. 그런데 왜 불만이냐고? 잘 들어보려무나. 무슨 말이냐면 죽어도 사람은 안 바뀐다 이 말이야! 죽음은 평등하다고들 하잖니? 맞는 말이지 누구나 죽으니까. 그렇지만 죽어서도, 영가가 되어서도, 바뀌지 않는 건 여전히 바뀌지 않더라!"

알쏭달쏭해진 나는 도대체 무슨 횡설수설이냐고 말할 뻔했으나 어머니는 곧 알아채고는 귀에다 속삭였다. '너만 알고 있어라, 내 알려줄 테니.' 그러면서 어머니는 연지빛 부적처럼 생긴 삽화들이 그려진 책 한권을 내 코앞에 펼쳐주었다. 나는 그것을 들여다보며 고개를 끄덕끄덕했다. 그날 밤 꿈은 그렇게 끝나버렸다.

다음 날 잠에서 깨어나 아무리 머리를 쥐어짜도 어머니의 말도, 작은 삽화도, 그게 무엇이었는지, 내가 무엇을 알아들었는지 생각나지 않았다. 생각하려고 할수록 오히려 기억에서 지워져버리는 느낌이었다.

그러나 다행히도 어머니는 다음날 꿈에 다시 찾아오셨다. 그리고는 지루하고 말 많은 선생님처럼 같은 말을 반복하고, 설명하고, 강조하고, 재구성하고, 되풀이하셨다.

"그러니까 간단하게 정리하자면 이런 거야. 난 여기를 떠나고 싶단다. 행복하지 않아서가 아니야. 앞으로도 불교 사찰에 있는 걸 마다하지 않겠어. 그런데…"

"그런데요? 이해가 도무지…"

두 번째 꿈엔 나도 모르게 어머니 얼굴을 정면으로 마주보며 말했다. 전날보다 나는 더 어린 소녀가 되어 있었고, 어머니는 그런 나를 다정한 눈길로 내려다보며 소곤소곤 이야기하셨다. 이상할 정도로 어머니는 살아계실 적과 조금도 변하지 않은 것만 같았다. 표정도, 말투도, 제스처도, 심지어는 생각도.

"얘야. 글쎄, 살아 있었을 때뿐만 아니라 죽어서도 사람은 마찬가지야, 마찬가지! 인간이란 해탈하기 전에는 죽어도 별 수 없는 종족인가 봐. 화근은 이렇게 시작되었지. 최근 이곳에 도착한 할망구 영가가 있는데, 아니 이 노파가 웬일인지 나만 보면 늘 씹어 먹을 듯 시비를 걸지 않겠니?"

"시비라니요?"

"글쎄 말이다. 참으로 어처구니가 없구나! 할망구는 평생 불교신자였는데 자식도 없이 팔십까지 살다 최근에 횡사했대요. 신세가 딱하기도 한 노파야. 나도 때론 측은하게 여기고 있는데, 이상하게 그 할망구는 날 싫어해. 본시 내가 약간 평범하지는 않잖니? 그래선지 뭔지, 노상 칼날 같은 눈초리로 날 흘기고 있단다. 난 평화롭게 지내고 싶은데 말이야. 지난 주 내내 할망구가 나를 보며 저 여자는 기독교 신자였는데 왜 여기에 와 있느냐고 날을 세우지 않았겠니? 법문을 들으려고 모인 영가들 중에 오직 나만 가지고 야단이었어! 무척 당황했단다. 마치 내가 무슨 스파이라도 되는 것처럼 대하는 게! 요즘은 매일 괴로워 죽겠어!"

"정말요?"

"그럼 정말이고말고. 아니, 어떤 엄마가 죽어서까지 딸에게 거짓말을 하겠니?"

"아으, 엄마는! 엄마를 못 믿어서가 아니라 어떻게 그런 일이 죽어서까지 일어날 수 있는가가 믿어지지 않아서 한 말이에요. 그래서요?"

"음, 그래서 기독교는 전생이나 후생 같은 게 없어서 내 딸이 날 여기 보낸 거라오, 라고 점잖게 말해주었지. 그래도 노파는 막무가내야. 질투가 심한 영가라 그런지, 피해의식이 많아서 그런지, 내 말을 들은 체도 않더라. 그러면서 자기는 자식도 없고 무식하고 가난하게 살아왔지만 배반자는 아니라며, 나를 몰아세우지 않겠니? 거 참 난감하더라!"

"치사하네요."

"그렇다니까, 본시 인간은 치사한 종족이야. 하지만 나도 그깟 말씨름에 지지는 않았지. 노파에게 당당하게 대들었어. 아니, 죽어서까지도 무슨 종교를 빗댄 싸움질이냐고. 하늘에 어디 이 땅 저 땅 국경선이 있겠느냐고"

"말씀 한 번 절묘하게 하셨네요."

"응, 그랬더니만 그 할망구는 나름대로의 교리를 들고 나오더구나. 공덕의 차이는 있는 거라고. 자기는 스스로의 선업으로 인해 이곳에 있지만, 나는 자식 돈으로 여기에 온 것이니 다르다고 오히려 날 비웃더라. 겉으론 아무렇지 않는 듯 무심한 척 했지만 속으론 여간 뜨끔하지 않은 건 아니었어."

"우습지도 않네요. 죽은 사람들이 그런 걸 따지는 게…"

"그렇단다. 애야, 살아있을 때랑 다르지 않아. 죽어서도 그대로야! 모두 그 꼴이 그 꼴이지! 이건 좀 훈계처럼 들리겠지만 잘 들어두렴. 달라질 수 있는 건 오직 살아있을 때야. 살아있을 때 밖에 없단다. 아무튼 그 할망구가 하도 난리를 피우는 바람에 법당 안에 영가들이 술렁대기 시작했어. 순식간에 의견이 분분해지더라. 정치판처럼 이 파 저 파가 갈라지고. 이곳 영가들은 대강 세 파야. 원래부터 불교신자, 자식이 불교에 몸담고 있는 부류, 세 번째 부류는 뒤죽박죽 그룹이지. 나 같이 자식도 나도 생전에 기독교 신자였던 영가는 아주 소수야. 마이너리티란 말이지. 게다가 외국까지 다녀온 엘리트 영가는 거의 없단다."

그때, 아주 살짝, 어머니는 잘난 체 하는 거만한 표정을 지으셨다. 나는 눈을 흘기며 지성인답게 바른 말로 쏘아붙이고 싶었지만 참았다.

"잉, 맙소사! 아직도 그러시네!"

어머니는 생전에 무엇보다도 학벌을 중시했다. 그 덕분에 동생들과 나는 어려운 환경에서도 대학교육을 받을 수 있었지만. 그런데 어머니는 그 집착을 그대로 가지고 있으셨다. 영가가 되신 상황에서도! 그것이 얼마나 부질없는 지를 아시면서도! 본인이 날카롭게 지적하신 바와는 다르게도! 교육에 대한 한국인의 끈질긴 집념이란 여전했다! 나는 숨을 씩씩거렸다. 부르르 몸도 떨었다. 꿈이었지만 정말 그랬다.

"그래, 그래, 알것다. 그 까짓 일로 오버할 필요는 없어. 내가 너를 찾아온 이유는, 내 상황이 평화롭지 못해서란다. 나도 나름대로 살아생전에 고생이 많았으니 이젠 좀 평화롭고 싶어. 이해해 주겠지? 넌 내 딸이니까! 그러니 이런 데 말고, 못된 영가가 없는, 동시에 조금은 더 조용하고 고상한 사찰로 옮겨주었으면 좋겠다. 봉은사라든가 아니면 조계종의 본부인 조계사 같은 데가 좋겠어. 더 수준 높은 사찰로 말이야. 매일 영가를 위해 새벽예불을 지내는 곳이라면 괜찮단다. 알았지?"

그 후 오일 간의 꿈은 나와 어머니와의 실랑이가 대부분이었고, 대화 내용은 이틀 밤 동안의 것과 거의 같았다. 이머니는 영가들 사이에서 종교 간의 갈등이 더 심각해지기 전에 나를 찾아오신 거였다. 그러하니 비록 그 어떤 못된 딸이라 할지라도, 조용하게 다른 곳으로 옮아가시길 원하는 어머니의 간곡한 청을 감히 거절할 수는 없으리.

빗소리 몽환도

공상호는 소설의 마지막 페이지를 덮었다. 독서가 유일한 취미이자 등대이자 위안이자 유일한 동반자로 여기며 사는 그는 마른 손가락으로 책 커버를 쓰다듬었다. 가슴이 찡, 해왔다. 옥탑방에 사는 그는 작가가 꿈이었다. 그러나 아직 작가가 되지 못한 공상호는 의자에 기대 머리를 뒤로 젖히고 창밖을 바라봤다.

밖에는 주룩주룩 비가 내리고 있었다. 장마철도 아닌데 한달 내내 비가 내렸다. 재앙 같은 폭우로 구질구질하고 궂은 날이 이어지고 있었다. 그는 요즈음 일을 나가지 않았다. 혼자 사는데 뭐 그리 뼈 빠지게 일할 필요가 있겠나 하는 생각에.

그때 누군가가 문을 똑똑, 두드렸다. 이 늦은 시각에 그의 옥탑방을 두들기는 사람이 있을 리가 없었다. 그에게는 고향에서 찾아올 가족도, 서울에서 만나는 친구도, 가까이 사귀는 여자도 없기 때문이었다.

아까보다 더 세차게 쿵쿵쿵 소리가 들렸다.

빗소리인가? 비가 내는 소리치곤 좀 요란한데? 투덜대며 공상호는 문 밖으로 고개를 내밀었다.

문을 열자, 쿵쿵 두들기던 실체와 그의 눈동자가 딱 마주쳤다.

아니 이럴 수가! 똑같은 옷을 입고 똑같은 가방을 들고 똑같은 얼굴의 여자가, 빗줄기가 맹렬히 사선을 긋고 있는 사이에 끼여 있는 듯한, 아니 셀 수 없이 줄을 긋고 내리는 빗줄기를 제치고 튀어나온 듯한 여자가, 거기에 서 있었다!

하지만 방금 집을 박차고 용감하게 도망쳤잖아… 그녀는 바닷가 근처에서 살았기에… 늘 바다냄새가 났고… 소설 속에선 말이야…, 라고 공상호는 속으로 웅얼거렸다.

여자는 대뜸 그의 코앞에다 월세 계약서를 내밀었다. 그리고는 이 달부터 여기에 살게 된 사람이라고 주장했다. 자신이 건물주와 정식으로 계약한 세입자라는 거였다. 도장이 잔뜩 찍힌 부동산 영수증을 내보이면서.

"허지만 제가 여기 살고 있는데요."

말하면서 공상호는 문득 깨달았다. 집주인이 여러 번 경고를 보냈지만 그게 진심이라고 여기지 않았던 점과 월세가 밀린 지 몇 달이 되었다는 사실, 그럼에도 자신은 그에게 연락을 안 해왔던 것까지 한꺼번에 떠올랐다. 그 흔한 핸드폰도 없었으니 누구와도 불통이었을 테고.

"어머나, 뭔가 제대로 소통이?"

여자가 이마를 찌푸리며 난처하듯 말했다.

"아, 난 지금 몹시 피곤한데… 종일 덜렁대는 버스를 타고 와서…. 미안하지만 우선 비라도 좀 피하면 안 될까요?"

공상호는 여자가 비를 맞은 채 무거운 짐가방을 들고 서 있는 걸 그제야 감지했다.

세상살이엔 온갖 상황과 방식이 가능한 법이니까, 라는 생각에 공상호는 옥탑방 문을 열어주었다. 여자는 안으로 성급히 들어오면서 추운지 몸을 살짝 떨었다. 여자의 몸에서 물고기비늘 같은 빗방울이 여기저기 떨어졌다. 그렇지만 머리카락에 붙어 있는 물방울들은 투명 씨앗처럼 반짝거렸다.

여자가 들어오자 손바닥만큼 자그마한 옥탑방이 순식간에 커졌다. 이스트를 넣어 부풀어진 둥근 빵처럼! 아니, 돔 지붕의 성당처럼 방이 둥그레졌다. 공상호는 얼른 자기 뺨을 꼬집어보았다. 얼얼했다. 어이쿠!

여자는 소설에서 읽은 그대로였다. 동글동글한 얼굴에 눈은 와이셔츠 단추처럼 작고 반짝이고 조그마한 입은 고집스럽게 일자로 다물고 있었다. 보이는 모습은 소설에서 묘사한 것과 똑같았다. 하지만 그녀에게선 후줄근한 땀 냄새가 났다. 육체노동자들에게서 나는 것과 비슷했다. 다른 점이 있다면 바로 그것이었다. 실망감이 연기처럼 슬그머니 피어올랐다. 소설에선 늘 바다냄새가 났다는 걸 기억하는데, 그게 훨씬 낭만적인데…, 그는 킁킁거리는 자기 코를 납작해지도록 문질렀다.

반면, 옥탑방에 들어선 여자는 아무래도 기분이 나빴다. 아무리 자기가 촌에서 온 여자라고 해도 이건 정말 억울한 일이었다. 당연히 권리를 행사할 수 있는 게 아닐까, 게다가 그동안 얼마나 애써서 모은 돈이었던가, 이 순간을 위해 얼마나 참아왔는지 오직 하늘만이 알 일이었다. 이 난처한 상황을 누구에게 연락해야 할까 망설이며 그녀는 핸드폰을 만지작거렸다.

그러나 막상 전화를 걸 사람이 아무도 생각나지 않았다. 아니, 전혀 없었다. 여자는 당혹스런 얼굴로 자신이 방금 들어온 문을 뒤돌아보았다. 바깥에선 여전히 비가 주룩주룩 내리고 있었고, 서울의 길거리는 버려진 빈 그릇처럼 덩그마니 비어 있는 시각이었다.

잠깐 멍하니 서 있던 여자는 조그마한 입을 쫑긋거리다가 별안간 무언가를 결심했다는 듯이 주위를 정리 정돈하기 시작했다. 바닥에 나뒹그러진 책들을 옮기고, 옥탑방의 유일한 창문을 열고, 손수건으로 이곳저곳에 쌓인 먼지를 털어냈다.

"여보세요! 여긴 제 방이 아닌 가요? 적어도 오늘까지는."

공상호가 모기 소리로 항의했다. 왜 자신의 목소리가 그 모양으로 변했는지 스스로 놀라면서.

"이젠 더 이상은 아니죠!"

여자가 아까보다 더 뻔뻔한 얼굴로 대꾸했다.

"그렇게 내 책을 함부로 취급하시지 말아주세요. 나름대로 정리되어 있거든요. 그러니 제발 조금 참아주세요. 당신이 뭐 우렁이 여인도 아니고, 병속에 갇혔다가 나온 지니도 아닌데, 그렇다고 소설 속에……"

공상호는 마지막 그 말을 끝내지 않았다. 만약의 경우, 예전에 늘 그랬듯이, 사람들이 자신을 미친놈이라고 몰아붙이는 것이 두려워서였다.

난데없이 나타난 이 여자와 소설 속 여자와는 외모는 같았지만 행동거지는 달랐다. 야, 빨리 나가든지 말든지 하는 여자의 말투는 거칠었고 행동은 우악스러웠다. 책 속의 여자는 슬프고 조용하고 수용적이고 애상적이었는데…, 그런데 이 여자는?

캐릭터의 변질이라니! 예상치 못한 반전이었다. 소설 밖으로 나온 인간은 소설과 다를 수도 있는 거구나, 의아해하며 공상호는 조금 아까 끝낸 소설책을 흘끔 내려다보았다. 그렇지만 이런 일은…, 혹시 자신이 만들어낸 공상이 아닐까…? 혹시라도 현실과 상상의 두 공간이 사랑하듯 만나 돌연히 합선되어 버린 게…? 그것도 아니라면 내가 영 미쳐버린 게…? 그는 뺨을 한번 더 꼬집어보려다가 대신 고개를 세차게 흔들었다.

"아가씨, 아니 아주머니, 이렇게 무례하게 수선을 피우시면 안 됩니다. 정 그러시면 내일부터 하시던지, 아직 여긴 내 집이니까요. 법적으로 말하자면."

아까 그가 읽은 소설 속에서 여자는 사실은 아주머니였다. 결혼했으니까. 그리고 거기서 그녀는 새장을 박차고 나온 새와 같은 매혹적이고 자유로운…. 공상호는 실망스런 눈길로 그녀를 쳐다봤다.

"흥, 법적이라? 나 참, 여보세요! 이런 장대비가 쏟아지는 지경에! 그것도 이 늦은 밤에! 나갈 사람은 바로 당신이에요! 누가 맞는지 당장 알아봅시다!"

여자가 가방을 뒤적이더니 무기라도 꺼내듯 핸드폰을 쓰윽 꺼냈다. 그리고는 그의 코앞에서 핸드폰을 꾹꾹 눌렀다. 그러나 다행인지 불행인지 집주인과 연락은 안 되었고, 공상호는 정말이지 마땅하게 갈 데가 떠오르지 않았다. 바깥은 검은 괴물의 입안처럼 깜깜했다. 게다가 비는 주룩주룩 청승맞게 내리고.

공상호는 갑자기 화가 치밀었다.

"아주머니, 혹은 아가씨. 남의 집에 난데없이 침입해 이 무슨 소란입니까?"

"침입이라니요?"

"당연히 침입이죠. 누가 봐도 이건!"

"저는요, 당연한 제 권리를 주장하는 거예요."

공상호는 여자를 뚫어지게 째려보다가 문득 이 여자는 소설 속의 여자와는 완전히 다르지 않는가, 라는 결론에 종착했다. 어쩌면 착각하고 있는 건 여자가 아니라 자기 자신인지도……. 공상호는 이 모든 것이 혼란스러웠다. 사람이 섞이고 시간이 섞이고 사건이 섞여버린 수상쩍은 마법에 휘말려 들어가고 있는 듯이.

"이봐요! 아무리 눈을 크게 뜨고 둘러봐도 먼지투성인 이곳에 어디 궁둥이라도 댈 데가 있나요! 사방에 온통 책뿐이니. 이해하기 힘드시겠지만 저는 비좁고 무질서하고 밀폐된 곳을 견디지 못해요. 나름대로 사연이 있거든요, 당신에겐 말할 수 없지만."

옥탑방이 그에겐 전혀 무질서하진 않지만 비좁은 공간이라는 말만은 타당하게 들렸다. 공상호는 미안한 마음이 들어 그녀에게 좀 자리를 만들어주려고 물러서다 순간 뒤로 자빠졌다. 그녀가 옮겨놓은 책 더미에 넘어진 것이었다. 그는 머리가 띵, 했다. 동시에 소설 속의 이야기가 번뜩 떠올랐다. 소설에서 여자 이름이 뭐였지? 무슨 달…? 달과 같은…, 이름이었는데? 거기서 여자는 폐쇄공포증에 시달렸지, 아마도?

공상호가 조금 전에 끝낸 소설은 이렇게 시작되었다. 여자의 이름은 순월이었다. 소설 속에서 그녀는 매 맞은 여자의 삶을 박차고 탈출한 것이 마지막 장면이었다. 남자는 무능력자에다가 술주정뱅이에다 건달, 하지만 노래만은 기가 막히게 잘 부르는 무명 가수였다. 키가 크고 목소리가 아름답고 무지막지하게 무책임한 남자였지만 여자는 그를 죽도록 사랑했다. 남자의 사랑 뒤엔 늘 폭력이 숨어 있었지만. 그러다가 덜컥, 자궁에 아이가 걸렸다. 남자는 습관대로 폭력적인 행동을 되풀이했다. 참다 못해 여자는 용기를 내서 새로운 삶을 찾아 뛰쳐나온 것이었다.
"이봐요, 청년. 난 무척 피곤하답니다. 어디 잠시나마 몸을 기댈 데라도……."
그녀의 말에 공상호는 별안간 가슴이 찡, 해왔다. 그는 곁눈질로 여자의 허리 근처를 흘끔 훑어보았다. 아닌 게 아니라 여자의 배는 약간 앞으로 불룩했다. 얼굴이 수척하고 손발도 형편없이 말랐으니 아랫배가 나올 형편도, 그럴 나이도, 아닌 게 분명했다. 여자도 자신을 훑어보는 낌새를 눈치 챘는지 그에게서 등을 돌리더니 손을 허리 뒤에다 대었다.

"이래 봬도 난 산전수전 다 겪은 여자예요. 그런 구질구질한 이야기는 당신 같은 젊은이가 들어봤자 이해하기 힘들겠지만."

"아닙니다, 알 수 있어요. 책에 모두 나오는 걸요."

공상호는 처음으로 정중하게 말했다. 소설 속에서 여자는 삼십 세쯤이었으니 자신보다 훨씬 연장자라는 건 명백했으니까. 그래서도 묻고 싶었다. 성함이 어떻게 되시는지요, 저는 공상호라고 불리우며 내일이면 스무 살이 된답니다, 라고 말하고 싶었지만 왠지 초면에 예의가 아닐 거라는 생각이 들어 그냥 침만 꿀꺽 삼켰다.

공상호의 그런 모습을 보던 여자가 잠시 멈칫, 했다. 그녀는 별안간 짐 보따리를 주섬주섬 풀었다. 그러고는 헝겊에 쌓인, 쑥이 잔뜩 들어간 먹음직한 개떡을 불쑥 내놓았다.

"왠지 나도 자꾸 뭐가 먹고 싶어서…, 청년도 좀 같이 먹을 테야?"

여자의 푸근한 선심에 공상호는 멋쩍어졌다. 그도 자신의 방을 휘익, 점검해보았다. 두 눈에 불꽃을 켜고 뒤져 보았으나 컵라면과 참치캔만이 눈에 띄었다. 그는 곧장 전기포트를 콘센트에 꽂고 물을 끓였다. 진저리를 치듯이 전기포트가 멈추자 컵라면에 뜨거운 물을 부었다. 라면 냄새가 진동했다. 참치캔을 열자 비릿한 냄새도 합세했다. 개떡과 컵라면과 참치통조림을 신문지 위에 펼쳐놓고 둘은 침을 흘렸다. 그러나 수저는 한 벌뿐이었다. 서로 말을 나누지 않았는데도 여자는 숟가락을, 그는 젓가락을 집어 들었다. 놀랍게도 여자의 식욕이 그보다도 엄청 좋았다. 공상호도 질세라 허겁지겁 먹었다. 그는 자신이 허기진 것을 몰랐다. 먹으면서 내내 누군가와 같이 식사를 하는 게 얼마 만인가를 떠올렸다.

여자가 라면을 입에 문 채 말했다.

"내일 급히 다녀올 데가 있는데 혹시 짐을 맡아 줄 수 있겠수?"

그가 고개를 끄덕였다.

"아휴, 고마워라! 근데, 혹시 청년이 갈 데가 금방 나서지 않는다면 말이지, 여기 더 머물어도 괜찮아. 당분간만. 어때?"

그녀의 말뜻이 무엇을 의미하는지 알쏭달쏭했지만 포만감으로 느긋해진 공상호는 또 고개를 끄덕였다.

역시 느긋해진 여자는 내일 일은 내일 처리하자며, 갑자기 몸이 노곤해졌는지 머리를 눕힐 자리를 찾는 눈치였다. 공상호는 얼른 자리에서 일어나 흩어진 책들을 벽돌처럼 쌓았다. 크기가 비슷한 책들을 모아서 귀퉁이를 세우고, 옆에다 같은 두께의 책을 쌓고, 그 위에 책상으로 쓰던 널빤지를 얹었다. 여자는 순순히 책으로 만든 침대에 누웠다. 옥탑방에 살게 된 후 찾아온 유일한 손님인데 이렇게 대접하는 것이 좀 미안한 마음이 들었다. 축축한 콘크리트 바닥보다야 낫겠지만 평평한 침대와는 거리가 먼, 임시방편으로 만든 것에 아무렇지 않게 누운 여자가 왠지 안쓰럽게 느껴졌다. 가난한 친정에 돌아와 새우잠이라도 청하려는 누이처럼.

여자는 몸을 구부린 채 책으로 만든 엉성한 침대에, 공상호는 평소대로 작은 간이침대에 몸을 뉘였다. 밤이 깊어지면서 빗소리도 강해졌다. 또 하나의 숨소리로 그의 옥탑방은 시끄러워졌지만 동시에 훈훈해져갔다. 빗소리와 빗소리 사이로 뭔가 미약한 소리들이 슬며시 끼어 들려오고 있었다.

그는 오늘 읽었던 소설을 다시 떠올렸다. 소설에서처럼 저 여자의 뱃속엔 생명이 들어있을까, 궁금했다. 공상호는 곁눈질로 자고 있는 여자를 슬쩍 훔쳐보았다. 여자는 피곤한지 어느새 쌩쌩 바람소리를 규칙적으로 내며 코를 골고 있었다.

하지만 공상호는 잠을 이룰 수 없었다. 저렇게 쿨쿨 자다니, 아무리 먼 거리를 여행했다 치더라도 생판 모르는 낯선 곳에서 잠을 잘 수 있다니! 더구나 처음 보는 남자 앞에서, 아무리 자기가 아줌마라지만 이십대라지만 나도 남자인데! 그것도 성욕이 왕성한! 그러고 보니 바지 속에 물건이 꿈틀거렸다. 그거야 혼자서 사는 그에겐 뭐 상대가 꼭 필요한 것은 아니었지만.

여자의 코 고는 소리는 이제 잠든 사자처럼 푸우 푸우 거칠어지고 있었다. 창밖에서 쏟아지는 빗소리와 여자의 코 고는 소리가 어우러져 옥탑방은 상당히 소란스러워졌다. 바깥에는 여전히 비가 쏟아져 내리고 있고, 그러는 사이에 밤은 점점 어둠 쪽으로 깊어갔다.

공상호는 자신에 대해 생각하기 시작했다. 당장 내일을 걱정해야 하는 지경인데 자꾸 과거가 생각나는 게 이상했다. 그러나 내일의 태양은 또 다른 시간을 짊어지고 나타날 것이므로, 이 밤만은 과거에 머무르려는 자신을 허락해버렸다.

　열다섯이 될 때까지 그는 소도시 변두리에 허름한 집에서 할머니와 둘이 살았다. 그가 어렸을 때 부친은 죽었고 어머니는 다시 재혼을 했다. 모든 인간은 남자와 여자가 사랑하여 태어난 것이겠지만 공상호는 적어도 두 사람의 열렬한 사랑만으로 인해 세상에 온 것이라고 어머니는 누누이 말해주곤 했다. 어머니는 두 살림을 유지하면서 그를 보살펴주었다. 하지만 새 남편의 사업 실패로 남미로 이민 갈 수밖에 없었다. 그 후 그가 관심 있어 하는 것은 별로 없었다. 본래 그는 기질적으로 자신이 살고 있는 이곳이 아닌, 미지의 낯선 곳에 매혹되는 타입이었다. 그에게는 주특기라고 할까 남다른 능력이 있었는데, 그것은 꿈을 꾸는 것이었다. 이른바 예언에 가까운 꿈을 꿀 수 있었다. 동네 사람들은 잃어버린 물건을 찾을 때면 종종 그에게 물어보았다. 누군가가 사연을 이야기하면 그는 듣기만 하다가 잠을 잤다. 그리고는 그 사람 대신 꿈을 꾸었다. 달동네와 다름없는 그곳에선 이따금 할머니의 친구들이 찾아와 그렇게 그에게 조언을 구했다. 그것도 잠시, 그는 더욱 기이한 꿈을 꾸기 시작하면서 그런 일을 아예 그만두었다. 주변에서 그를 이상한 눈으로 보는 것도 싫었지만 더 이상 남의 일에 관여하고 싶지 않았다.
　언제부터인지 확실치 않지만 잠을 잘 때면 큰 소리로 떠들곤 했다. 자기도 모르는 잠꼬대를 하는 거였다. 할머니는, 이상도 해라 배운 적도 없는 데 외국 말을 하다니, 도대체 저건 어느 나라의 말일꼬? 하며 신통해 했다. 물론 영어는 아니었다. 그렇다고 그가 할 줄 아는 외국어도 딱히 없었다. 할머니는 그가 막힘없이 뜻도 모르는 말을 지껄이는 것으로 봐서 그저 외국말이라고 지레짐작한 것뿐이었다. 그렇지만 누군가의 확인이 필요하다고 생각했던지 할머니는 동네 이웃 여자에게 도움을 청했다. 여자는 교회에 다니고 방언도 한다는 열렬한 신자였다. 하지만 남의 여자를 밤중에 불러올 수는 없는 일이었다. 더구나 여자의 남편은 술주정뱅이에다 의처증이 있어 난공불락이었다. 그래도 할머니는 포기하지 않았다. 어느 날 그가 낮잠을 자고 있었을 때 할머니는 부랴부랴 여자에게 달려갔다. 어이 새댁, 우리 손자가 시방 방언을 하는 거 같아, 라고 둘러댔다. 할머니 말이 여자의 신심을 자극했던지 그녀가 집으로 왔다. 여자는 눈을 꿈쩍 감고 주여, 주여, 여러 번 부르더니 두 손을 모았다. 할머니도 여자도 귀를 기울여 그의 잠꼬대를 들었다. 곤한 숨소리와 설레설레 중얼거림, 알아들을 수 없는 푸념들이 양념처럼 섞이고 무쳐진 복잡한 무의식의 소리들을! 여자는 고개를 흔들었다. 글쎄요, 하나님의 방언은 아닌데요? 그래도 할머니는 매달렸다. 새댁, 혹시 밤중에 한 번만 더 와주면 안 될까, 애원했다. 그러자 여자는 불같이 화를 내며, 사탄의 짓인지도 몰라요! 라고 말하고는 뺑소니쳐버렸다.

그때 할머니가 말했다. 아니, 사탄이라니, 그게 무시기 못돼먹은 망발이람? 쯧쯧, 내 불쌍한 새끼한테! 비록 핏줄은 아니라도 내겐 귀한 새끼인걸, 하고 아랑곳하지 않았다. 그때까지 그는 할머니가 아버지의 어머니인 줄 알았다. 전혀 핏줄이 섞이지 않은 관계라는 걸 꿈도 꾸지 못했다. 열다섯 살이 되던 해 그는 두 번째로 고아가 되었다. 할머니마저 돌아가셨다. 그때부터 그는 떠돌이 생활을 했다. 안 해본 일이 없었다. 그날그날 입을 해결하는 것은 그다지 힘들지 않았다. 혼자였으니까. 그러다가 도서관에서 경비 겸 청소부로 일하게 되었다. 거기서 그는 책이란 것을 처음 읽게 되었고, 그 이후로는 내내 지금까지…….

빗소리가 거세졌다. 폭우로 변한 모양이었다. 그 빗소리에는 옥상 콘크리트로 떨어지는 소리와는 현저히 다른, 뭔가가 뒤집고 뒤척이는 듯한 소리가 섞여 있었다. 점점 그 소리가 크게 들려오고 있었다. 그는 왠지 등골이 오싹해졌다.

저, 저, 저……

그것은 고단하게 자고 있는 여자에게서 나는 소리였다. 공상호는 여자에게 가까이 다가갔다. 아까보다 더 또렷하게 들려왔다.

저, 저, 좀 살려주세요. 아저씨.

공상호의 눈은 보름달만큼 휘둥그레졌다. 자신을 아저씨라고 부르는 일도 세상에 귀를 내민 후 처음 듣는 명칭이었거니와, 누군가가 보잘 것 없는 그에게 목숨을 구해달라고 하는 것도 생전 처음 일어나는 일이었다. 공상호는 푸우 푸우 거칠게 숨을 내쉬며 곤히 자는 여자의 몸에 귀를 가까이 대었다.

살고 싶어요. 세상이 어떤 곳인가 보고 느끼고 알고 싶어요.

공상호는 그제야 어디서 소리가 나는지 알아차렸다.

아저씨, 전 간절하게 삶을 맛보고 싶어요.

그래? 난 살맛을 통 못 느끼는데…?

자신이 별로 신통치 않게 여기는 세상을 그토록 보고 싶어 하다니! 난감한 일이었다! 각자는 저마다 다른 세상을 이고 사는 것이니, 내 의견이 정법이라고 함부로 주장할 수도 없는 것이고, 그렇다고 세상은 이미 자본주의에 물들어버려 구제불능이고 타락하고 사악한 구조라고 돼먹지 않는 관념으로 순수한 영혼을 오염시킬 수도 없는 일이었다.

목소리가 자꾸 속삭여왔다.

부탁해요, 아저씨. 저의 엄마를 말려주세요. 네, 네? 엄마는 제 목숨이 자기에게 달렸다고 생각하지만 사실은 제 목숨은 제 것이기도 하죠. 그러니 엄마를 설득해주세요. 꼭, 꼭, 꼭요!

그는 입을 쩝쩝 다셨다. 입맛이 썼다. 그때 번쩍, 번개가 지나갔다. 얼마 지나지 않아, 우르르 쾅쾅 천둥이 쳤다. 이어서 장대비가 후드득 쏟아졌다. 공상호는 애벌레처럼 몸을 둥글게 구부렸다. 속삭이던 목소리도 겁을 먹었는지 더 이상 들려오지 않았다. 괜스레 번개와 천둥이 치는 건 아닐 거야, 라고 알 수 없는 두려움을 도닥거리면서 그는 지난날의 기억을 떠올렸다.

나도 할머니처럼 저 여자 뱃속 생명을 내 아이로 기를 수 있다면야…….

그때 자던 여자가 드르렁, 코 고는 소리를 냈다. 공상호는 화들짝 놀랐다. 그 바람에 잠은 날름 달아나고 정신은 점점 말짱해졌다.

저 여자와 같이 살면서, 또는 더부살이하면서, 여자가 아이를 날 때까지만? 만약 그런 것이 가능하다면? 그는 고개를 갸웃했다.

야, 공상호 너, 이제 그만 세상과 맞서 보는 게 어때? 저 여자를, 저 뱃속의 생명을 책임지려면 말야! 그는 위아래로 고개를 끄덕였다.

허나, 왜? 근데 왜 내가, 다른 놈팡이가 저지른 짓을 맡아야 하는 거지? 그는 고개를 좌우로 흔들었다.

그러자 순간 애처로운 목소리가 들리는 것만 같았다. 공상호는 다시 몸을 곧추세웠다. 아 그래, 내일부터라도, 비가 오더라도, 일당을 버는 노동이라도, 당장 시작해야겠지, 그래야 살아갈 수 있겠지, 이 무시무시한 도시에서!

하지만 공상호는 곧 미로를 헤매는 방랑자처럼 고개를 이리저리 흔들었다. 그게 가능하기나 할까? 너무 순진한 생각이 아닐까? 라고 혼자말로 중얼거렸다.

그렇게 스스로에게 말을 걸다가 혼자 대답하다가 자기도 모르는 사이에 그의 눈에서 자꾸 눈물이 나왔다. 어린 시절의 기억 때문만은 아니었다. 멈출 수 없게, 눈에서 눈물이 스르르 떨어지고 있었다. 그는 문득 젖은 눈으로 여자를 바라보았다. 여자 모습이 잘 보이지 않았다. 거기 정말 여자가 있는지 아닌지 물안개에 가려져 아득해보였다.

그때 도시의 밤은 비에 젖고 안개가 짙게 깔리면서 충분히 깊어갔다. 그 어둡고 깊은 우물 같은 심연에서 새벽은 새로이 태어나려고 꾸물대고 있었다.

*

공상호는 그의 스무 번째 태양과 함께 눈을 번쩍 떴다. 눈을 뜨자마자 제일 먼저 주변을 두리번거렸다. 여자가 보이지 않았다. 세상에 처음으로 눈을 떴을 때 어머니가 부재한 것만 같은 허전함이 밀려왔다. 그는 눈을 크게 뜨고 옥탑방 공간을 한번 더 살펴보았다. 역시 아무도 없었다.

그렇다면 어젯밤 일은? 꿈이었던가 하고 의심하려는 순간 문 옆에 놓인 여자의 짐가방이 보였다. 그리고 아직도 희미하게, 허공에는 매콤하고 비릿한 냄새가 남아 있었다.

동시에 공상호의 가슴이 털커덕, 내려앉았다. 뱃속의 생명이 부탁한 메시지를 전달하지 못한 것이었다. 잘못이 있다면 새벽까지 펼치던 공상 탓이었다. 줄곧 밤일을 해왔으므로 일찍 일어나지 못하는 습관 탓도 있었다. 그는 약속을 지키지 못한 자책감에 속이 쓰렸다.

공상호는 간이침대에 걸터앉아 자신의 터벅머리를 쥐어뜯었다. 한숨도 푹푹 내쉬었다. 그러다가 뭔가를 확인하고 싶은 마음에 어제 끝낸 소설책을 다시 집어 들었다.

그 때 누군가가 탕탕, 문을 두들겼다.

책을 두 손으로 들고 공상호는 잠시 흠칫했다. 계속 두들기는 소리가 들려왔다. 그는 조심스레 걸어가 문밖으로 목을 삐쭉 내밀었다.

낯선 남자가 번들대는 비닐 비옷을 입고 서 있었다. 수염도 깎지 않은 얼굴에 긴 머리를 늘어뜨린 모습이 삼류 예술가나 노름꾼 같은 인상을 풍겼다. 또는 폭우를 뚫고 온 으스스한 유령 같기도 했다. 그런데 그의 비옷 뒷부분이 울뚝하게 튀어나와 있었다. 거기에 꼽추의 혹이 있거나 아니면 갓난아기를 등에 업고 있는 듯 했다. 남자는 공상호와 눈길이 마주치기가 무섭게 누런 쪽지를 내밀었다.

"실례하지만, 여기 적힌 주소가 여깁니까?"

"네, 그런데요."

공상호가 그렇다고 말하는 순간 쿵쾅 와당탕 소리가 들렸다. 남자가 후다닥 비닐 비옷을 벗어 바닥에다 와락 내동댕이쳐 버린 것이었다. 마치 죽음의 결투라도 시작하겠다는 듯한 기세였다. 남자는 사나워지고 검투사처럼 씩씩거렸다.

그러나 막상 그의 검은 비닐옷 속에서 드러난 것은 검이 아니었다. 물론 간난아이도 아니었다. 그는 기타를 등에 메고 있던 것이었다. 남자가 날쌔게 쏘아붙였다.

"솔직히 말해! 어떤 여자 여기 왔지?"

"무슨 말씀이신지요?"

공상호 입에서 존댓말이 튀어나왔다.

"이거 왜 이래? 내가 바보인줄 알아? 다 알고 왔어, 인마!"

"형씨, 아니 아저씨! 잠깐만요!"

그는 직감적으로 눈치챘다. 아니면 본능이 그로 하여금 알아차리게 했는지도 모르겠지만. 공상호는 절대로 이 남자를 안에 들여놓지 말아야겠다고, 생각했다. 비록 뱃속의 생명을 구하지 못했지만 있는 힘을 다해 여자를 보호해야겠다고. 어디선가 정의감의 불씨가 공상호 가슴속으로 날아왔다. 어, 이런 건 소설에선 없었는데, 하는 의심도 함께 붙어서.

공상호는 문고리를 꽉 잡고 낯선 남자를 팽팽하게 째려봤다. 공상호도 강하게 나올 수밖에 없었다. 대번에 자기에게 반말을 하는 조폭과 겨누려면.

그런데 등에 기타를 메고 있는 삼십 대쯤 보이는 남자는 눈썹도 진하고 키도 컸다. 게다가 남자가 봐도 괜찮은 얼굴이었다. 어딘가 매력적인 데가 있었다. 여자도 예쁘기만 하면 남자 등쳐먹고 사는 일이 비일비재하지 않는가, 윤리적인 잣대를 한쪽 방향으로만 틀 수는 없는 법, 그래서 공상호는 다음과 같이 말했다.

"그토록 잘난 외모에 왜 그리 남자답지 않게 처신하셨나요?"

여자를 등쳐먹고 사는 치사한 남자라는 그런 말 같은 건 하지 않았다.

"뭐라고? 너, 지금 뭐라고 주둥이를 놀리는 거야!"

남자가 날쌔게 공상호의 멱살을 잡았다. 얼떨결에 그는 문밖으로 끌려 나갔다. 그 바람에 옥탑방 문이 열리고, 내장이 보이듯 방의 내부가 훤히 드러났다. 방안에 있는 여자의 짐가방과,

책으로 만들어놓은 침대와 자신이 잤던 간이침대가, 연극무대의 세트처럼 활짝 펼쳐졌다.

"어, 어, 저건 또 뭐야?"

옥탑방은 옥상 구석에 위치하고 있기 때문에 시멘트로 만들어진 빈 공간을 넓은 마당처럼 옆에 두고 있었다. 거기에는 어젯밤에 억수 같이 내린 비가 고여 있는 물웅덩이들이 여기저기 검은 구멍처럼 많았다. 남자는 진탕을 지나가듯 차례대로 검은 구멍들을 첨벙첨벙 마구 밟으며 그를 구석으로 끌고 갔다. 몸싸움이 티격태격 시작되자 두 남자의 뒤뚱거리는 발걸음이 차낸 고인물이 사방팔방으로 튕겨나갔다. 마침내 남자가 치명적인 주먹 한 방을 공상호에게 날리려는 순간이었다.

그때였다. 여자가 기운이 하나도 없는 자세로 고개를 숙이고 나타났다.

"어? 어쭈, 이것 봐라? 야, 너 당장 이리 와!"

남자의 한 손은 주먹을 쥐고 다른 손의 검지로는 콜트 소총이라도 쏘듯 여자에게 겨누었다. 전쟁이라도 선포하는 듯한 성난 불꽃이 남자의 눈에 켜졌다. 그리고는 사나운 눈초리로 여자와 공상호를 번갈아 쩨려 봤다. 공상호는 자기도 모르게 몸을 움츠렸다. 그러나 여자는 무표정이었다. 남자를 보고도 흔들림 없이 꼿꼿한 자세로 옥탑방 안으로 들어가 버렸다. 자기 집처럼 당당하게.

"어라, 어라, 저게?"

성난 조폭은 여자는 놔두고, 약해보이는 공상호만 먼저 잡아

먹겠다는 듯이 그에게 눈을 부라리며 맹수처럼 으르렁거렸다.

"어쩐지, 이놈이 수선을 떨더니만?"

공상호는 용감해질 수가 없었다. 뭐, 이런 장면은 소설 속엔 없는 내용이잖아. 이게 도대체 무슨 벼락이지, 구시렁대며 그는 몸을 낮추었다.

하지만 어쩔 수 없이 싱거워진 남자도, 실망으로 가득한 공상호도, 최면에 걸린 강시들처럼 여자를 따라 옥탑방으로 들어갔다. 거기에는 책으로 만들어진 엉성한 침대가 있었고, 공상호의 간이침대 위엔 널브러진 이불이 꾸겨진 채로 놓여 있었다. 그 비좁은 틈새에 서서 여자가 냉랭하게 말했다.

"청년, 혹시 물 좀 마실 수 있을까?"

공상호는 얼른 삼다수 2리터 한통을 가져다주었다. 여자가 작은 알약을 꿀꺽꿀꺽 물과 함께 삼켰다. 겁을 먹고 있었던 공상호는 슬그머니 마음이 놓였다. 여자가 담대하게 행동하고 있었기 때문이었다. 소설과 다른 점이 있다면 이 점이 달랐다. 남자가 자주 술을 처먹고 폭력을 가했던 것은 분명했지만, 비록 지금도 남자 쪽이 으르렁대고 있다지만, 적어도 공상호가 느끼기에는 현 상황에선 여자가 남자 같고 남자는 오히려 여자 같았다.

소설 속의 이미지와 그토록 반대일 수 있다니……, 뭔가 이상했다. 이해가 안 되었다. 소설은 진실을 말했던 게 아니던가? 아니면 소설은 전형적인 인물밖에 보여주지 못하는 걸까? 이 두 남녀를 직접 만나고 난 후, 공상호는 자신이 감동을 받았던 소설의 어떤 부분에 대해 회의하기 시작했다.

"실제와는 생판 다르잖아!"

공상호는 본격적으로 투덜대지 않을 수 없었다. 그러면서 흘 끔 곁눈질로 두 남녀를 다시금 살펴보았다. 그들도 공상호의 실 망스런 시선을 느꼈는지 갑자기 연극배우처럼 대화를 시작했 다.

"왜 말도 없이 뛰쳐나간 거지?"

남자가 물었다. 여자는 토라진 것처럼 선뜻 입을 열지 않았 다. 그녀는 말없이 짐가방만을 만지작거렸다. 그러다가 갑작스 레 여자가 훌쩍였다. 단박에 옥탑방 실내 공기가 무거워졌다. 공상호의 가슴이 아려왔다. 자신도 모르게 그의 눈에 물기가 번 졌다.

"아이는요? 아이는?"

여자가 고개를 흔들었다.

"지우려고 갔는데… 막상 수술실까지 갔었는데… 아무래도 못 하겠더라고… 왜 그런 짓을 하려고 했는지….''

여자도 젖은 눈으로 말했다. 갑자기 공상호는 딸꾹질을 하기 시작했다. 그는 여자에게 잘하셨다고 말하려는데, 딸꾹딸꾹, 딸 꾹질이 튀어나왔다. 두 사람을 번갈아 쳐다보던 남자는 어리둥 절해하는 눈치였다.

"어이, 젊은이. 혹시 담배 같은 거 가지고 있소?"

이런 순간에 저급하게도 담배 같은 걸 요구하다니, 공상호는 기가 막혔지만 서랍 속에 아껴둔 담배 한 갑을 기꺼이 내놓았다. 남자가 담배 연기로 작고 둥근 원을 몇 개 만들어 허공에 띄웠다. 공상호는 연신 딸꾹질을 했고 남자는 계속 담배를 피워댔다. 담배연기는 공중에서 반지 모양의 원들을 그리다가 점점 풀어지고 마침내 흩어져 버렸다.

"이것 봐, 임자, 내가 잘못했어, 네가 없으면 난 끝장이야. 임자 없으니까 통 노래도 부를 수 없단 말이야. 자기, 듣고 있어…?"

여자는 연신 훌쩍거리고 남자는 모래처럼 부드러워졌다. 공상호는 두 사람을 번갈아 보다가 문득 남자의 노래를 듣고 싶었다. 왜냐면 여자가 그토록 죽도록 사랑한 목소리가 어떤지 알고 싶었고, 소설에서도 자주 언급했던 그의 노래, 그 느낌을 실제로 만져보고 싶었다.

"아저씨, 노래를 잘 부르신다면서요? 좀 들려주시면 어때요? 저에게 그리고 아이에게도."

그 말에 남자가 한 눈을 찡긋, 했다. 그것 참 좋은 아이디어라는 듯이. 그의 윙크는 약간 느끼하기도 했지만 매력적이기도 했다.

남자는 등에 메고 있는 기타를 내려 품에 안았다. 기타를 조율하려는지 잠시 때가 낀 긴 손톱으로 기타의 여섯 줄을 띠이링 띠링, 퉁겼다. 남자가 눈을 지그시 감았다. 띠링, 띠이링, 띠리잉, 기타 줄에서 난데없이 밤하늘에 아름다운 별 같은 것들이 떨어졌다. 아니, 기타 음들이 비좁은 방안에서 별빛 소리를 내고 있었다. 그리고 너무나도 놀랍게도, 조금 전만에도 험악했던 그의 입에서 상상도 못할 부드러운 목소리가 강물처럼 유연하고 부드럽고 슬프고도 감미롭게 흘러나왔다.

이 건달에게서 저런 노래가 흘러나오다니, 공상호는 저으기 놀랐다. 남자의 목소리는 감미로웠고, 그의 노래도 아름다웠다. 노래라는 건 아마도 인간 자체에 속하는 것이 아닌, 다른 세계에서 오는 선물인지도 몰랐다. 부르는 자는 그저 도구일 뿐, 그것은 인간의 소유가 아닌 건지도.

어쩌면 노래든지 사랑이든지 그 모든 아름다운 것들은 누구의 것이 아닌지도. 영원히 알 수 없는 어떤 곳으로부터 오는 것인지도.

공상호는 노래에 가만히 귀를 기우리며 가슴이 찡, 해지는 것을 느꼈다. 노래가 끝나자 남자가 멋쩍어하며 말했다. "돌아와 줘, 내 사랑!"

그는 나지막하게, 노래를 부르는 듯한 목소리로 그렇게 말했다. 유치하다면 정말 유치했는데 왜 그 말이 그녀의 마음을 바꾸게 만들었는지, 또 공상호의 가슴마저도 찡, 하게 했는지 알 수 없는 일이었다.

소금이 물을 만나 녹듯이, 설탕이 검고 뜨거운 커피 속으로 용해되어 사라지듯, 한 방의 이상한 말로 소란스런 소동이 잠잠해져버렸다. 진정 이상한 일이었다. 그 두 마디 말이란!

그들은 돌연히 나타났듯 돌연히 사라졌다. 여자는 짐가방을 들고 남자는 기타를 메고. 청년, 정말 고마우이, 라는 말을 남기고!

공상호도 인사를 했다. 독백조로. 그럼, 아이야 잘 가…….

공상호는 덩그마니 홀로 남겨졌다. 꿈이라도 한바탕 꾼 것만 같았다. 그는 어제 끝냈던 소설책을 찾아보았다. 책은 가장자리 끝이 돌돌 말려 있었고, 빗물에 젖어 축 늘어져 있는 짐승처럼 축축했다. 언제 물기를 잔뜩 먹었는지 이상했다. 그는 허전한 마음으로 바닥에 놓인 책 더미에서 새 소설책 하나를 집어 들었다.

혼자서 꾼 꿈은 환상으로만 남아 있을 뿐. 언젠가는 누군가와 함께 같이 꿈을 꾸기를 기다리면서……. 적어도 누군가가 똑똑 문을 두들기며 자신의 삶에 개입하기를 소망하면서…….

공상호는 새 책의 첫 장을 펼쳤다.

그녀가 밀도 높은 총을 쏘았다
— 주수자의 스마트소설에 대하여

다음 정거장에 도착하기까지

새로운 곳으로 가고자 한다. 스마트소설, 손바닥소설, 미니픽션, 어떤 용어라도 좋다. 상관없다. 하이브리드, 시적산문, 디지털, 혹은 어정쩡한, 혹은 안착하지 않은, 그 어떤 단어도 좋다. 다매체 시대의 변화된 문학에 호응할 수 있는 장르가 될 때, 새로운 것은 돋아난다. 사실 이 세상에 새 것은 없다. 늘 있었던 것이다. 주변부에, 소리 없이, 등장해 있던 것이다. 늘 탈영토화는 소리 소문 없이. 문득, 다가온다. 헤게모니를 쥐고 있는 장르 혹은 습관적 사고 혹은 관습화된 장르 혹은 전통이라는 이름의 권력, 시대적 흐름과 유행이 모든 것들 사이에, 있었다. 그것을 발견한다. 틈이 벌어진다.

문학 작품. 그것도 소설에서 길이. 중요하다. 길이에 따라 장편 소설, 대하소설, 중편 소설, 단편 소설로 구분한다. 그러나 길이가 중요하지 않을 수도 있다. 미니픽션 한 편이 단편 소설 하나를 읽었을 때의 무게감으로 다가올 수도 있다. 오케스트라 지휘자의 지휘봉이 멈추는 순간, 숨 막히는 여운을 감지할만한 작품이라면, 기립박수 치기 전의 긴장감이라면, 수백 명의 숨이 일시에 터지는 에너지가 담겨있다면, 그것은 상대적이다. 오히려 글의 길이는 독자가 책을 읽는 데 들이는 '시간'의 문제와 연결된다. 빨리 읽을 수 있고, 짧아도 느리게 읽을 수 있다. 길이의 문제는 작가의 기질, 호흡, 추구하는 세계와 연결되어 있다. '미니'를 '길이'와 연결 지어 생각해 보다가도, 이것을 '픽션'과 붙여 놓았을 때, 우리는 장르의 기원을 따져보지 않을 수 없게 된다. 이런 스타일의 글들은 이미, 원래 존재해 왔다.

　미니픽션[1]에는 다양한 입구가 있다. 어디로 파고들어야 할 것인가? 어떤 영토를 지지해야 하나? 동양 장자의 「호접지몽」과 그리스로마시대의 미셀러니 사이에서, 우리는 그 기원을 짐작해 볼 수 있다. 분명, 미니픽션이라 추측하고, 여길만한 문학이 동서양 가릴 것 없이 존재해 왔다. 그렇다면, 우리의 논의는 미니픽션의 등장을 왜 다시 주목해야 하는가. 이 지점에 맞추어야 할 것이다. 기존의 장르 관습을 탈주하며, 벗어나려고 하는 이 시도는 무엇인가? 왜 탈주하려 하고 어떻게 재영토화 할 것

1) 여기서 필자는 미니픽션이라는 용어를 사용하고자 한다.

인가?

미니픽션이라 불릴 만큼, 짧은 길이가 내용을 자극하는가? 내용이 형식적으로 짧음을 유도하는가? 이 부분에 대한 질문을 던져 봐야 한다. 형식은 내용의 자극제임을 곱씹어 봐야 할 것이다.

소설의 공간은 x축, y 축, z축의 비좁은 1인실 원룸과 같다. 절벽에서 점을 찍기 시작한다. 면이 모이고, 그리 넓지 않은 입방체가 형성된다. 비좁은 공간에 한두 명, 혹은 많아야 세 명 정도의 등장인물이 서성인다. x축, y축, z축의 시각적 틀 안에 프레임을 짠다. 등장인물이 들어선다. 보르헤스의 소설 「알렙」처럼, 집 안에 들어가고, 집 안에 숨겨 놓았던 비밀 장소에 들어간다. 사각 틀 안에 또 다른, 비밀이 담겨있다.

재영토화 하려는 땅은 아직 축축한 늪이다. 물 위에 쌓아올린 건축이다. 물 위에 떠 있기에, 수천수만의 거울들이 반짝인다. 수천수만의 거울이 흔들리며, 위태로운 물의 건축을 실험한다.

밀도 높은 3차원은 물 위에 뜬 건축물이다. 수많은 물방울이 흔들리고, 유영한다. 2차원 평면 공간이지만, 물방울 위에 선 건물이기에, 텔레비전이나 영화처럼, 다른 공간으로, 환상 속으로 쉽게 넘어간다. 깊이를 담당하는 z축은 어느새 끝났는지 알지 못할 정도로 흩어진다. 아니 미끄러져 버린다. 이런 디자인이 소설가의 몸에 잘 맞을 경우, z축을 중심으로 반전이 일어난다. 짜릿하게 내려치는 마른번개이다. 마른번개는 짧게 왔다 사라진다. 울림이 크다.

미니픽션은 달의 이면이 필요하다. 한 번 읽고 말아도 되는
것처럼, 가독성과 판독성이 쉬운 것같이 보이지만, 사실 간단치
않다. 왜 그랬던 거지? 유추하며, 다시 읽어봐야 한다. 미니픽
션의 작가들은 마스킹(masking) 능력이 뛰어나다고 볼 수 있다.
그것은 필요한 부분을 극적으로 노출하기 위해 불필요한 부분
에 가리는 작업을 말한다. 원하는 장면을 돋보이기 위해, 죄다
가리는 일이다. 열쇠구멍 외에 다른 구멍들을 덮어버리는 게다.
결정적 장면에서 시작하는 일. 절정에서 시작하여 느닷없는 낭
떠러지로 떨어뜨리는 일. 맹수가 자기 새끼를 낭떠러지에 떨어
뜨리듯이 독자를 놓아버리는 일. 적절한 타이밍에 물었다 놓아
주는 기술. 미니픽션의 작가들은 순간을 잡아채는 독수리와 같
아야 할 것이다. 아마도.

문을 열어라, 탐정의 손으로

한 편의 글을 읽는다는 것은 문 앞에 서는 것과 같다. 「수사반
장의 추상예술 감상」에는 형사 P가 등장한다. 독자는 소설 속
형사처럼, 사건 속으로 들어간다. P는 추상화가의 죽음을 조사
한다. P는 화가의 작업실에 놓인 그림을 본다. "이거야 뭐, 나도
그릴 수 있잖아?"라고 말한다. 추상화란 어린 아이같이 그린 것
에 불과하다. 뻔하고 쉬운 붓터치로 여겨진다. 그때 조수 S가

"이런 걸 추상 예술이라고 합니다."라는 답변을 한다. 추상화는 코에 걸면 코걸이요, 귀에 걸면 귀걸이가 된다. 해석에 따라 천 가지 만 가지로 해석된다. 정답이 없다. 미지의 영역이 무한대로 펼쳐져 있는 세계이다. 주관적인 판단과 미적 감각과 현대 철학적 소양으로 감지할 수밖에 없는 예술. 첫 번째 맞닥뜨리게 되는 막막함, 형사 P는 그 미지의 문 앞에 있다.

그림들 뒤에 문. 막막함의 문을 열고 들어가자 그림은 살아 움직인다. 형사 P의 "내장" 속에 파고들어가 있는 듯하다. 죽음의 실마리를 찾을 수 있을 것 같다. 상황 속으로 들어간다. 형사 P는 화가의 삶을 이해할 수 없다. 왜? 우선 작업실 환경은 열악하다. 다른 문을 여니, 후줄근한 간이침대가 놓여있다. "관"과 같다. 아니, 관이다. 수상한 기운이 감돈다. 문을 열수록, 비밀의 열쇠를 찾는 기분이다. 형사 P는 직감적으로 "누군가의 심장으로 진입하는 듯한 느낌"을 받는다. 한 꺼풀 벗길수록 어머니의 "자궁" 속으로 되돌아가는 것 같기도 하고, 시간을 거슬러 "고인돌" 안으로 들어가는 것 같고, 마셔야 할 "술병" 안으로 기어들어가는 것 같다. P의 눈에 화가는 미친 사람으로 보인다. 좁은 공간이지만 미로에 갇힌 기분이다. 조수 S가 화장실에 다녀오겠다고 말한다. P는 완벽하게 홀로 남겨진다. 그때 작업실 불을 켠다. 스위치를 올리자 유리창이 모두 거울로 변한다. 거울 속에 거울이 들어서고, 거울 밖에 이미지가 반복재생 된다. 물빛이 어른거리며 또 다른 물빛을 불러오듯, 물에 비친 거울 속에 또 다른 거울이 너울거리듯, 경계가 사라진다. 안과 밖이 사라진다. 경계가 없어지자 이성적이고 합리적인 판단, 이분법적인 사고가 무너진다. 누가 옳고 누가 그르단 말인가? 누가 누구를 체포하고, 검문하고, 누가 누구를 판결한단 말인가? 경계가 지워진 공간에 P가 서 있다.

아이러니하게도 그 순간 P는 그림을 살펴본다. 이해할 수 없다는 듯이, 고개를 가로저었던 그림을. 도대체 모를 것 같은 그림을, 그 누구보다도 깊숙이 이해하는 존재가 된다. "캄캄한 우주"에 도착한 기분을 스스로 터득한다. 그것이 착각일지라도, 촉수의 교감이 이루어진 것이다. 그림은 사건의 해결 실마리를 알려주는 문이 된다. "그림이 저절로 뒤로" 밀려난다. 그림이 문짝이었던 것이다. 문 뒤에 본질적인 공간인 "욕실"이 있었다. 스위치를 켰을 때와 같은 상황이 재현된다. 모든 유리창이 거울이었던 것처럼 사면이 '거울'이었다. x축, y축, z축이 비좁게 설정되어 있다. 욕실은 거울로 이루어진 이상한 공간이다. 깊이를 담당하는 z축은 어떻게 작용할 것인가? 그 흔들림을 눈여겨보니, "나는 거울에 공포를 느꼈네" 라고 시작하는 보르헤스의 시가 떠오른다.

거울이 우리들을 노리고 있네
네 벽으로 둘러싸인 침실에 거울이 하나 있다면
나는 이미 혼자가 아니지. 타인이 있는 것이네.

여명에 은밀한 연극을 연출하는 상(像)이

주수자 소설의 마지막 장면과 겹쳐서 읽을 수 있는 부분이다. 거울은 공포였다. P의 얼굴을 보는 것은 내면에 숨겨 두었던 스스로의 얼굴을 발견하는 일이었다. 흉악한 범인이라고 믿었던 범죄자의 얼굴을 거울 속에서 발견했던 게다. 범인을 잡는 형사는 흉악한 범인이 된다. 너의 얼굴이 나의 얼굴이 되는 순간이다. 거울은 거울 속에 또 다른 얼굴을 만들어, 인간을 노리는 상(像)이다. 거울은 '은밀한 연극'이 진행되는 장소이다. 그곳에 세상을 복제하는 집행자들이 있다. 집행자들은 인간보다 주체적 위치를 선점하여, 인간 세상을 노려본다. 일상생활에서 우리가 망각하고 있을 뿐. 거울은 언제나 두려움의 대상이었다.

거울 속에 "남자"는 형사 P인가? 알 수 없다. 거울 속의 그는 누구인가. 알 수 없다. 그의 눈에 "흉악한" 사람이 보인다. 거울 속 그는 "짐승처럼" 사나워 보인다. 괴물이다. 흉측하다. 야만적이기까지 하다. 그렇다면 거울 밖의 나는 누구인가? P인가? 짐승인가? 범인인가? 거울 속의 그는 겁에 질린 표정을 하고 있다. 공격적이다. 거울은 거울을 복사한다. 미움은 미움을 복사한다. 세상은 세상을 복사한다. 복사는 착각을 다시 착각하게 만든다. 혼돈에 빠지게 한다. 거울 속의 거울은 거울 속의 거울을 복사하며, 흉계를 꾸민다. 아니, 새로운 범인을 세워 사건을 조작해 버린다. 어쩌면 거울이 범인이 아니었을까. 거울이 신

㈜이 된 게 아니었을까.

"그는 총을 쏘았다." 라는 문장은 수사반장 P가 최고의 독자
였음을 반증하는 문장이 된다. 추상화가의 작업실에 놓인 그림
들, 그것도 추상 작품을 오롯이 온몸으로 감상한 최고의 관람객
이 되었다는 사실이다. 그곳에 가면 누구나 범인이 된다. 총을
쏘지 않을 수 없다. 누가 쏘았는가는 중요하지 않다. 거울이, 거
울 속의 거울이, 거울 속의 짐승이, 범인을 창조해 내기 때문이
다. 그리하여 총은 P가 쏜 것인가. 내가 쏜 것인가? 누가 죽은
것인가? 아무도 죽지 않았는가?

사실이라 믿었던 모든 사건이 미궁에 빠진다. 미로에서 미궁
으로 미끄러진다. 보르헤스의 「알렙」에서 "나는 눈을 감았고, 눈
을 떴다" 라는 짜릿한 문장이 떠오른다. 그 이후 어떻게 되었을
까? 알 수 없다. 알 수 없어야 한다. 경계가 지워진 상태이기에,
결말은 알 수 없다. 미지여야 한다. 다만 질문을 던질 뿐이다.
독자 여러분, 범인은 누구입니까? 누구를 범인으로 지목해야
하는 겁니까? 이 살인 사건은 사실입니까? 아니면 사실이 아닙
니까? 사실이란 걸 믿을 수 있는 겁니까? 환상 같은 현실, 어느
쪽을 현실로 믿어야 합니까? 그렇습니까? 아닙니까?

작가는 질문을, 짧은 형식으로, 아무 것도 모르는 척하며, 던
진다. 마지막 순간까지 경계를 지우는 방식으로 답을 지운다.

거울은 동시적으로 움직인다. 한 사람이 움직일 때 거울 속의 사람들이 다함께 움직인다. '동시'와 '영원'이 한꺼번에 작동한다. 한계를 지우며, 경계를 설정하고, 영원일 것 같은 착각 속에 환상이 머무른다. 모든 상징들이, 동시적으로. 현실 같은 거울에 홀려 버린다. 거울에 홀린 사람은 추상화가의 감정에 이입한다. 두려움에 휩싸인 상태에서 죽은 자를 복제한다. 화가 역시 그런 방식으로 죽었을 게다.

뫼비우스 띠와 같다. 내가 나를 죽이는 '살인'이 벌어졌을 가능성이다. 이 밀실에 입장하면, 누구나 형사 P가 될 수 있다. 이것은 자살이 아니라 타살이다. 거울 속의 그가 나를 죽인 것이다. 복제된 세상이 인간을 죽인 것이다. 그렇다면 누구를 체포해야 할 것인가? 거울인가? 거울 속의 그인가? 알 수 없다. 아니, 알 수 없어야 한다. 호접지몽이다. 꿈속의 나비가 나인가, 나비인가? 알 수 없는 경지이다. 보르헤스는 수백페이지에 걸쳐 긴 이야기를 쓸 필요가 없다고 생각했다. '더 분별력 있고 더 게으른 나'는 짧은 픽션으로 복잡한 꿈과 미로와 거울과 죽음의 유한성을 펼쳐 놓고 싶어 했다. 미로를 찾는 열쇠와 거울과 꿈을 배치하고 싶어 했다. 그의 질문을 이어 받기라도 하듯이, 소설가 주수자는 거울 속의 괴이한 죽음을 독자에게 선물한다. 허세를 부리지 않는 짧은 길이로, 장광설을 펼치지 않는 담백함으로, 무거운 질문을 던진다.

"천만에, 나는 호두껍질 안에 웅크리고 들어가 있으면서도 나 자
신을 무한하기 그지없는 어떤 공간의 주인으로 여길 수 있네."
―「햄릿」에서

보르헤스는 셰익스피어 햄릿의 대사를 따 와서 자신의 소설
「알렙」 서두에 배치했다. 그 상상력을 바탕으로, 우리는 형사 P
를 바라보아야 한다. P가 거울의 방 안에 들어가는 일은 호두
안에 웅크리고 들어가는 과정으로 해석해 볼 일이다. 독자가 호
두 껍데기 안으로 들어가는 것이다. 그곳은 무한히 펼쳐진 우주
이다. 그렇지만 그 어떤 사람도 구할 수 없는 공간이다. 주인이
지만 주인이 아니다. 인간보다 거울의 세계가 우위를 차지하는
공간이다. z축이 작동하는 방식이다. z축은 비밀의 공간으로 우
리를 인도한다. 좁고 미로 같고 꿈같은 곳으로 독자를 인도한
다. 그곳에서 우리는 그 어떤 생명도 구할 수 없음을 확인하게
된다. 절망의 쓴맛을 본다. 유한하게 순환하는 수레바퀴에서,
스스로 총을 쏘는 자가 됨으로써, 완벽하게 자신의 과제를 수행
한다. 형사 P는 호두 껍데기 안에 완벽하게 '웅크린' 주체였다.

빗소리, 은밀한 환상을 연출하는

탈영토화 된 곳에 도착한 등장인물은 새로운 장소에서 재영
토화 작업을 해야 한다. 그러나 미니픽션은 시간이 부족하다.
등장인물의 위치가 확인되는 순간, 사건의 고비를 확인하는 찰

나에, 인물이 사라진다. 그러니 독자들은 '짧음'을 즐겨야 한다. 어떤 방식과 스타일로, 인물이 사라지는지, 그 지우는 과정을 음미하면 될 일이다.

꿈과 현실의 경계를 지우는 방식의 글쓰기는 여전히 이어진다. 이번엔 드러내놓고 몽환도를 그린다. 주인공의 이름이 "공상호"이다. 공상이 허락되는 배에 탑승을 허락받는 느낌이다. 옥탑방에 사는 공상호는 지금 막, 소설읽기를 끝냈다. 바깥을 내다본다. 비가 내린다. 여기서 비는 현실과 가상의 경계를 지우는 장치가 된다. 시간을 지우고 공간을 지우고, 제3의 환상적 장치로 '비'가 작동한다. 미학적 차원의 움직임이다. 비가 내리는 동안 사건이 진행되며 사건과 사건 사이, 소리가 들려온다. 축축한 방안에 등장인물이 움직인다. 몽상적 요소들이 자유롭게 움직일 수 있는 여건이 형성된다.

"사선을 긋고 내리는 빗줄기 사이에 끼여 있는 듯"한 여자가 등장한다. 여자는 공상호가 지금 막 읽기를 끝낸 소설의 주인공이다. 활자 바깥으로 튀어나온 여자이다. 그녀는 당당하고 이상하리만치 염치가 없다. 공상호의 방이 자신의 방이라는 증거로 "월세 계약서"를 내민다. 세입자라는 사실을 근거로 공상호의 방에 문을 두드린 셈이다. 문이 열린다. "우선 비라도 피하면 안 될까요?" 이 대사가 여자를 방안으로 들이는 강력한 이유가 된다. 계약서도 계약서이지만, 젖은 몸을 바깥에 두게 할 수 없다.

여자에게 비 냄새가 난다. 현실과 환상의 경계를 지우는 냄새. 방문을 열어준다. 비현실적인 여자, 소설 속에 등장하는 여자는 옥탑방에 안착한다. 빗방울이 그녀의 몸에서 떨어진다. 반짝거린다. 물고기 비늘처럼 미끄러진다. 여자가 방안으로 들어오자 "이스트를 넣어 부불어진" 빵처럼 공간이 확장된다. 비현실성이 확장된다. 몽상이 자연스러워진다. "여자가 들어오자마자 손바닥만큼 자그마한 옥탑방이 순식간에 커졌다." 특별한 사건이 발생하면, 시간은 길어지고 공간이 늘어난다. 이상한 나라의 앨리스가 도착한 작은 방과 같다. 혹은 눈물이 강이 되어 흐르는 방일 수도 있다. 공상호의 동공 역시 확장된다. 시공간은 상대적이고 울퉁불퉁하다. 문득 블랙홀에 빠지듯 다른 차원으로 건너간다. 「빗소리 몽환도」는 '비'라는 장치를 이용해, 차원을 이동한다. 그것이 억지스럽거나 인위적이지 않다. 소리는 언제나 그렇듯이, 자연스럽게 환상 속으로 스미게 하는 스펀지가 된다.

문이 닫힌다. 새로운 시작이다. 공상호는 여자를 관찰한다. 그녀는 달랐다. 상당부분, 기대에 어긋난다. 소설 속의 여자는 작가가 원하는 대로 움직인다. 그러나 눈앞에 등장한 여자는 작가의 맘대로 조정되지 않는다. 여자는 소설 속 여자만큼 낭만적이지 않다. 거칠다. 바다냄새가 아니라 땀 냄새가 난다. 뭔가 실망스럽다. "캐릭터의 변질"을 의심하기까지 한다. 여자는 공상호 방에 놓인 책을 치우고, 먼지를 닦고, 창문을 연다. 주인의 동의를 구하지 않고 마음대로 행동한다. 여자가 보기에 옥탑방은 먼지투성이고 뒤죽박죽이다. 등장하자마자 여자는 청소를 시작한다. 시간이 지나갈수록 소설의 공간이 얼마나 비좁은 곳인지, 사물을 통해 낱낱이 밝혀진다. 공상호가 책더미에 걸려 넘어지고 마는 것처럼 말이다. 설상가상, 여자는 폐쇄공포증에 시달리고 있었다. 불안 증세를 가진 그녀. 공간에 갇힌다는 사실 때문에, 옥탑방에 오자마자 창문을 연다.

문을 닫았지만, 창문을 열었기에, 비가 작동하는 소리가 들린다. 빗소리. 빗소리, 토닥토닥, 빗방울 소리. 안과 밖이 연결된 소리, 현실과 환상의 경계를 지우는 소리. 소설 속의 여자는 현실에 와서, 창문을 여는 행위를 통해, 환상을 지속시킨다.

여자는 산전수전 다 겪은 티를 낸다. 씩씩하고 거침이 없다. 청소를 한 뒤 곧바로 먹음직한 쑥개떡을 꺼내놓는다. 여자의 아랫배가 나온 것으로 보아, 그녀가 임신 중임을 짐작할 수 있다. "왠지 나도 자꾸 뭐가 먹고 싶어서" 참치캔을 열고, 라면 뚜껑을 벌린다. 말없이 둘은 비좁고 눅눅한 방에서 한 끼 식사를 해결한다. 잠시 동안이나마 한 끼를 나눈 식구(食口)가 된다. 공상호는 여자의 게걸스런 식성에 놀란다. 그녀가 먹는 게 아니라 그녀 뱃속 아이가 음식을 탐하고 있었을 게다. 그 뒤, 여자는 "책으로 만든 침대" 위에 누워 잔다. 재빨리 아이디어를 내어 만든 침대이다. 활자에서 나온 주인공이니, 책 위에 잠을 자는 것이 당연하다. 여자를 바라보며 공상호는 연민을 느낀다. 등장인물이 현실 속에 불쑥 튀어나왔을 때, 여자에 대한 거부 반응과 놀람이 있었지만, 조촐한 식사를 하면서 마음이 누그러든다. 여자는 창밖에 쏟아지는 빗소리 사이사이 코를 곤다. 여자의 잠을 보면서 공상호가 책을 사랑하게 된 이유가 밝혀진다. 공상호는 예지몽을 꾸는 고아였던 것이다.

이 지점에서 공상호는 망설인다. 여자의 잠꼬대에 흔들린다. "이 세상이 알고 싶다고, 살고 싶다고, 도와달라고" 그녀가 자면서 중얼거린 게다. 고통스런 세상이 살만한 것이었을까. 장대비가 쏟아진다. 내면의 고통과 흔들림이 거세어진다. 모든 사건과 사건들이 유비 관계로 맞물린다. 남의 아이를 데리고 와서 길러준 할머니처럼, 공상호 역시 여자의 아이를 기르고 싶다는 충동을 느낀다. 반복이다. 복사이자 재생이다. 하나의 패턴이 다른 패턴을 따라가고, 또 다른 패턴이 기존의 패턴을 반영한다. 삶이란 그리 특별하지 않고, 그리 유별나지 않다. 한 꺼풀 벗겨놓고 보면, 비슷비슷하게 닮아있다.

다음 날 남자가 나타나서야, 여자가 뱃속 아이를 지우려고 했다는 사실을 알게 된다. 남자가 "돌아와 줘, 내 사랑!"이라고 말한다. 너무나 식상하고 당연한 말, 이 평범한 문장으로 그들은 다시 엮인다. 그리고 사라진다. 공상호는 핏줄이 섞이지 않더라도 아이를 키울 수 있을 것 같은 희망을 잠시 가졌었다. 그래서인지, 그들에게보다는 태아에게 헤어지는 인사를 한다. 자신이 겪어온 삶의 방식을 따라하고 싶은 욕망을 발견한 것이다. 그 욕망 때문인지, 이유 없이 눈물이 흐른다. 이 세상에 살아야 하는 이유를 찾은 것이다. 겨우 스무 살. 많은 것을 포기하고 싶었던 젊은이가 현실에 두 발 내리게 되는 장면이다. 재영토화할 이유를 발견한 셈이다. 환상 체험을 통해, 현실에 살아야 할 이유를 발견한 것이다.

우회로를 찾아, 낯선 화자의 목소리로

픽션이 빠른 속도로, 환상으로 넘어갈 경우, 유령, 동물, 사물이 화자로 등장하는 경우가 있다. 우회적인 방식으로 이야기를 전달하는 방식이다. 동물이 화자이거나 사물이 주체가 된다. 인간은 보이는 대상이다. 타자와 자리바꿈을 하게 되는 순간, 인간은 낯선 외계인이 된다. 동물원의 기이한 관찰 대상이 된다. 타자는 인간을 비추는 거울이다.

「동네방네 청소비상상황」에서는 빗자루가 화자이다. 빗자루는 "자신이 최선을 다해야 날이 밝아온다"고 믿는다. 비가 내리는 날, 빗자루는 자신의 소임을 다한다. 주위를 둘러보며 혼잣말을 한다. "어떻게 창문이 저토록 많담? 아마 저 안에도 쓰레기들이 많겠지? 길바닥보다 높은 곳의 쓰레기들은 깨끗할까." 쓰레기를 청소하는 빗자루가 아니면 한번쯤이라도 해보지 않을 문장이다. 그러던 중 빗자루가 이상한 것들을 발견한다. 곪은

글씨들이다. 까칠한 단어들이다. "민주주의, 정의, 애국심"이런 단어들은 빗자루가 보기에도 형편없는 것들이다. 쓰레기로 버려져 다시 재활용하기 어려운 개념이다. 주수자는 이 부분에서 엄정하고 냉정한 문장을 내뱉는다. "뭐 이런 쓰레기들을 만들려고 인간으로 태어났단 말인가" 통렬한 풍자이다. 짧게 치고 나가며 한 방에 인간세상의 모순을 드러낸다. 빗자루의 눈으로, 낮은 곳에서, 가장 높은 개념을 풍자한다. 자기 할 일을 무사히 마친 빗자루는 새벽에 일을 끝낸다. 시청 앞 광장이다. 상징적인 장소에서 멈춘 이 껄끄러운 언어들은 어디로 갔는가? 독자에게 질문을 던진다. 잘 살고 있나요?

「붉은 달빛아래 저들」에서는 원숭이와 개, 그리고 박제 독수리의 대화를 엿듣는 사람의 이야기가 이어진다. 한정된 공간인 레스토랑이다. 목에 사슬이 채워진 그들의 눈에도 인간 역시 목에 사슬이 채워지기 매한가지이다. 돈과 명예와 책임감에 묶인 인간은 동물과 다를 바 없는 존재이다. 역지사지의 입장에서, 동물은 인간이 자행한 폭력을 비판한다. 가볍고 작은 칼날로 폐부를 찌른다.

『스마트소설 박인성문학상』의 수상작인 「거짓말이야 거짓말」은 거칠고 초라한 현실을 살아가는 들고양이의 심장에 호랑이 기억을 환원시킨 예술가 백남준을 통해 예술가의 존재 이유를 생각하게 한다. 예술가는 영원히 달의 사제라는 서사를 가진 이 작품은 중요한 순서대로 잃어버린 것이 많아진 현대인의 발

걸음을 잠시 붙잡고 있는 노래이다.

「어머니의 칼」은 그야말로 시와 같다. 가족을 먹이기 위해, 끊임없이 내리쳐야 했던, "목숨의 냄새"를 알아채는 장면은 이야기시처럼, 선연하다. 바위에 구두약을 바르는 이상한 남자를 발견하면서, 우리는 도대체 무엇을 보고 있다고 믿어야 하는가, 질문을 던지는 픽션 「놀이공원 무유위유無有爲有」 역시 마찬가지이다. 우회적 방식으로 혹은 우화적 방식으로 전개되는 짧은 이야기들은 뒷목을 잡고, 한참동안 생각하게 한다. 짧더라도 깊다.

뫼비우스 띠처럼, 돌고 도는, 안(內)일줄 알았는데 밖(外)에 나와 있는 모순을 발견하게 해 준다. 그것을 집약적으로 보여주는 작품이 「메일 오더」이다.

재수생인 주인공이 메일로 상품을 주문한다. 그러나 "가죽부츠"가 무책임하게 발송된다. 기형적인 모습으로. 직구(직접 구매)를 신청할 때, "볼라벤 태풍"이 불어온다는 저녁 뉴스를 본다. 세상은 연결되어 있다. 인터넷이라는 액상 화면 위에서 클릭 한 번 만으로, 다른 나라, 다른 세상의 물건을 주문한다. 바람이 분다. 주문한 상품은 케이블을 타고 유통구조를 따라 도착한다. 오류가 없는 컴퓨터가 없듯이, 상품은 실패를 안고 도착한다. 잘못된 배송 이유를 따져 물으며, 재수생은 전화를 한다. 한국 대행 회사에게 따져 물었더니, 미국 본사에 연결하라 하고, 미국 본사는 중국의 하청 회사에게 연락하라고 한다. 그 다음은 프랑스, 그 다음은 가죽 원재료의 문제라면서, 브라질의 소떼들에게 책임을 전가한다. 그 사이에도 바람이 분다.

"모든 게 연결되어 책임회피를 하는 세상"이다. 이 문장은 반어적으로 해석하면, '모든 게 연결되어 책임을 져야 하는 세상'이라는 뜻이다. 바람이 분다. 주수자의 소설에서 비가 내렸듯이, 바람이 다시 분다. 볼라벤 태풍이 재수생이 사는 404호 유리창을 깨뜨린다. 아이러니하게도, 혹은 놀랍게도, 이 글을 쓰는 나 역시 404호 입주민이다. 주수자 소설가와 나는 그 어떤 연결고리도 찾을 수 없었던 사이일 텐데, 그는 소설가이고 나는 시인으로서, 더 멀리, 상관없이 살아왔을 텐데. 404호 앞의 유리창은 바람에 흔들리고, 바람이 부는 대로, 바람에게 당하는, 바람을 공유하는 404호로 연결되어 나는 이 글을 쓴다. 주수자의 미니픽션과 나의 글은 재수생의 유리창을 깨뜨렸던 바람에 의해 돌고 돈다. 나의 원인이 그녀의 결과이고, 소설가의 원인이 재수생의 결과로 작동한다. 전화 목소리는 누군가에게 전달된다. 한 번의 잘못이 짜증과 희생을 부르고, 누군가는 애꿎게 책임을 져야 한다. 세상은 이렇게 바람으로 주고받으며 움직인다.

"아무도 모르는 먼먼 곳에서 작은 점 하나가 살짝 움직이면서 바람이 발생하게 된 것입니다. 아마도 적도부근일 가능성이 큽니다. 처음에는 지극히 미세한 것이었으나 그것이 바다를 지나고 섬들을 넘고 열대 밀림을 스쳐가다 마침내 거대해집니다. 점차 힘을 얻어감에 따라 바람은 거인처럼 커지다 어느덧 거대한 폭군이 되는 것입니다. 그러나 두려워할 필요는 없습니다. 돌고 도는 바람이니까요."

「메일 오더」에 나오는 이 문장을 좀 더 확장시켜 생각해 보고자 한다. 미니픽션을 쓰려고 하는 사람들을 위한 문장으로, 새로운 곳에 가려고 하는 사람들을 위한 문장으로, 기존의 영토에서 벗어나 탈영토화하려는 예술가들을 위한 문장으로, 재영토화에 성공하기를 바라는 마음으로, 다시 바람을 보내며 읽고자 한다. 처음에는 아무도 알지 못하는 점일지라도, 점차 힘을 얻어, 거인처럼 커지게 될 것이라고.

문학 운동으로, 더 깊은 크레바스로

마지막으로 덧붙일 말은 미니픽션의 '문학운동'적인 측면이다. 인터넷 매체의 발달과 새로운 매스 커뮤니케이션의 발달, 특히 스마트폰이라는 1인 매체가 발달한 시대에 어떤 장르가 태어날 것인가, 고민해야 할 필요가 있다. 스마트폰은 모든 정보를 손안에 집결 시킨다. '내 손안에 있소이다'라는 우스갯소리가 이제 더 이상 우스갯소리가 아닌 시대가 온 게다.

21세기는 손 안에서 변화하는 시대이다. 손 위에서 매일매일 글을 읽는 시대. 그런 시대에 시이면서 소설 같은, 시가 아니면서 소설 같지 않은, 미니픽션이라는 장르가 서서히 퍼져나가는 문학운동이 일어나기를 기대해 본다. 적극적으로 매체(스마트폰)

를 활용해야 한다고 생각한다. 끊임없이 실험되어야 한다. 도전받아야 하고, 더 실패해야 한다. 빨강은 오로지 빨강으로 색칠되지 않는다. 실감나는 빨강을 만들기 위해서는 검정과 하양을 비롯하여, 빨강을 돋보이게 하는 다른 빛깔들이 필요하다. 빨강이 아닌, 빨강으로 다가가는 어느 지점에 빨강이라 믿는 「사과」가 있다. 한 음을 향해 활을 켜는 것처럼, 다양한 음역 대를 감지하는 귓바퀴 안에 미니픽션이 자리할 것이다.

움직이는 공간에서 물의 건축을 읽어내는 일. 몸을 이동하며 읽을 수 있는 장르. 잠시 다른 세상으로 꿈을 꿀 수 있는 시간. 이것이 미니픽션이 꽃 피어야 하는 당위가 되리라. 바퀴처럼 맞물려 변화하면서, 장르적 변화를 재촉하는 것이리라. 이러한 실험이 운동성을 얻을 때, 독자를 새로운 곳으로 데려갈 것이다. 긴 글을 읽기 어려워하는 현대인의 일상적인 '피로.' 급격한 피로감이 혼종을 원할지 모를 일이다. 따라서 스펙트럼을 열어놓아야 한다. 이 시대는 다양한 마당을 필요로 한다. 새로운 지면과 부드러운 액정 사이에서 펼쳐지는 장르. 그 틈을 노려보는 것이다. 피로해진 현대인 사이에서, '틈새' 읽기의 장르로, 미니픽션이 위치 가능하지 않을까. 틈에 빠진 독자들을 더 깊은 크레바스로, 떨어지게 하는 '문학운동'이 일어나길. 작가 주수자가 벌려놓은 틈 안에 많은 독자들이 스스로 끼어들어가길 바란다. 그 틈을 벌리려고 애쓰는 운동과 함께, 흥이 나길 바란다.

'운동'은 끝을 모르는 출발선인 것처럼, 시작도 끝도 아닌 어느 지점에 번개처럼, 그녀가 틈을 벌리고 있었다.

손오공의 뽑혀나온 복제된 털처럼 이 책이 스스로 생명을 자
꾸 만들고 있다. 연극으로 변신하고, 외국어로 탈바꿈하고, 요
람하듯 돌아다니다가 다시 고국으로 돌아와, 드디어 개정판으
로 태어나게 되었다. 나의 핏줄과 다름없는 이 짧은 소설들이,
시로 노래로 웹툰으로 외국말로 변장하고, 나비처럼 자유로이
날아다니고, 요상한 요괴들을 무찌르며, 멀고 먼 어느 변방에서
나도 모르는 낯선 이들과 만났음을 상상해보니, 문자로 만들어
진 이 생명에게 엎드리고 싶다.

「추천사」

Always playful, these capacious stories act as if
elliptical thought experiments thrusting readers
into moments of quiet, gleeful astonishment.
Each tale in this collection is a piece in a jigsaw
puzzle, revealing anew the crowded mirror of our
manifold desires.

짧은 이야기 속에, 그녀는 드넓고 유희적인 세계를 감추
어 놓았다. 생각이 생각의 꼬리를 물며 소용돌이 치는
궁금증의 끝에는 신나기도 하고, 놀랍기도 하다가, 조용
히 미소를 짓게 하는 평화로움도 있다.
마치 퍼즐 조각을 맞추듯, 하나둘씩 그녀의 이야기들을
읽어내려가다 보면, 그동안 남몰래 숨겨두었던 욕망과
의지로 가득찬 거울 속의 내 모습을 발견하게 된다.

— 댄 디즈니 시인, 비평가, 서강대 영문학 교수